O ermitão do Muquém

Bernardo Guimarães

Copyright © 2013 da edição: Editora DCL – Difusão Cultural do Livro

Equipe DCL – Difusão Cultural do Livro

DIRETOR EDITORIAL: Raul Maia

Equipe Eureka Soluções Pedagógicas

REVISÃO DE TEXTOS: Joana Carda Soluções Editoriais

Texto em conformidade com as novas regras ortográficas do Acordo da Língua Portuguesa

Dados Internacionais de Catalogação na Publicação (CIP)
(Câmara Brasileira do Livro, SP, Brasil)

Guimarães, Bernardo, 1825-1884.
O. ermitão de Muquém / Bernardo Guimarães. -- 1.
ed. -- São Paulo : DCL, 2013. -- (Clássicos
literários)

ISBN 978-85-368-1678-4

1. Romance brasileiro I. Título. II. Série.

13-03813   CDD-869.93

Índices para catálogo sistemático:

1. Romances : Literatura brasileira   869.93

Impresso na Índia

Editora DCL – Difusão Cultural do Livro
(11) 3932-5222
www.editoradcl.com.br

O ermitão do Muquém

Sumário

Ao leitor 5
Introdução 6
Pouso primeiro: o crime 11
I – O valentão 11
II – O batuque 14
III – Dito e feito 19
IV – A louca 25
Pouso segundo: os chavantes 28
I – O combate 28
II – A taba do cacique 32
III – A enfermeira 37
IV – O restabelecimento 42
V – O transvio 47
VI – Na lapa 52
VII – A volta 57
Pouso terceiro: os rivais 62
I – O conselho dos pajés 62
II – As duas expedições 66
III – O regresso 71
IV – A volta de Inimá 74
V – Festas triunfais 79
VI – Insídia 82
Pouso quarto: o ermitão 89
I – Os romeiros 89
II – O reconhecimento 92
III – A conversão 96
IV – O Muquém 99

Ao leitor

Cumpre-me dizer duas palavras ao leitor a respeito da composição do presente romance, o qual (seja dito de passagem) repousa sobre uma tradição real mui conhecida na província de Goiás.

Consta este romance de três partes muito distintas, em cada uma das quais forçoso me foi empregar um estilo diferente, visto como o meu herói em cada uma delas se vê colocado em uma situação inteiramente nova, inteiramente diversa das anteriores.

A primeira parte está incluída no Pouso primeiro, e é escrita no tom de um romance realista e de costumes; representa cenas da vida dos homens do sertão, seus folguedos ruidosos e um pouco bárbaros, seus costumes licenciosos, seu espírito de valentia e suas rixas sanguinolentas. É verdade que o meu romance pinta o sertanejo de há um século; mas deve-se refletir que é só nas cortes e nas grandes cidades que os costumes e usanças se modificam e transformam de tempos em tempos pela continuada comunicação com o estrangeiro e pelo espírito de moda. Nos sertões, porém, costumes e usanças se conservam inalteráveis durante séculos, e pode-se afirmar sem receio que o sertanejo de Goiás ou de Mato Grosso de hoje é com mui pouca diferença o mesmo que o do começo do século passado.

Do meio dessa sociedade tosca e grosseira do sertanejo o nosso herói passa a viver vida selvática no seio das florestas, no meio dos indígenas. Aqui força é que o meu romance tome assim certos ares de poema. Os usos e costumes dos povos indígenas do Brasil estão envoltos em trevas, sua história é quase nenhuma, de suas crenças apenas restam noções isoladas, incompletas e sem nexo. O realismo de seu viver nos escapa, e só nos resta o idealismo, e esse mesmo mui vago, e talvez em grande parte fictício. Tanto melhor para o poeta e o romancista; há largas enchanças para desenvolver os recursos de sua imaginação. O lirismo, pois, que reina nesta segunda parte, a qual abrange os Pousos segundo e terceiro, é muito desculpável; esse estilo um pouco mais elevado e ideal era o único que quadrava aos assuntos que eu tinha de tratar, e às circunstâncias de meu herói.

O misticismo cristão caracteriza essencialmente a terceira parte, que compreende o quarto e último Pouso.

Aqui há a realidade das crenças e costumes do cristianismo, unida à ideal sublimidade do assunto. Reclama, pois esta parte um outro estilo, um tom mais grave e solene, uma linguagem como essa que Chateaubriand e Lamartine sabem falar quando tratam de tão elevado assunto.

Bem sei que a empresa é superior às minhas forças; bom ou mau, porém, aí entrego ao público o meu romance; ele que o julgue.

Ouro Preto, 10 de novembro de 1858.

O AUTOR

Introdução

As peregrinações devotas ou romarias são de uso imemorial em todos os países católicos. Ora penduradas no cume de um rochedo escarpado e quase inacessível, ora fundadas no seio de uma gruta natural, ou em algum vale escuro e triste em meio de florestas ou montanhas alterosas, em toda a parte do mundo cristão encontram-se disseminadas aqui e acolá essas pequenas capelas ou ermidas, que de ordinário devem a sua fundação a alguma lenda miraculosa, e que em épocas determinadas atraem a si milhares de romeiros e peregrinos.

Há sem dúvida grande dose de superstição nessas romarias, e o povo as tem feito perder muito da sua importância e prestígio, multiplicando-as infinitamente, instituindo romarias a granel por toda parte; todavia nem por isso deixam de ser uma das usanças mais poéticas e tocantes do cristianismo.

O Rio de Janeiro possui em seus aprazíveis e magníficos arrabaldes mais de uma ermida, que todos os anos em dias certos atrai imenso concurso de romeiros. A nobre e altiva Paulicéa também todos os anos vê saírem de seu seio milhares de habitantes, que em devota romaria vão levar oferendas e votos à milagrosa Nossa Senhora da Penha, que se adora em sua linda capela erigida a duas léguas da cidade em um risonho outeiro, que domina as aprazíveis lezírias por onde remanseia o Tietê.

Em Minas quem não tem ouvido falar no irmão Lourenço, nesse novo Paulo Eremita, que nos fraguedos da Serra do Caraça passou a vida na prática do mais rigoroso ascetismo e da mais austera penitência, e lá num recinto circundado de crespas e alterosas serranias erigiu um templo com a invocação de Nossa Senhora Mãe dos Homens, e lançou os fundamentos da grande instituição do seminário Caraça, que devia servir de núcleo aos filhos de Vicente de Paula para espalharem a luz da instrução e da fé por toda a província?

A capelinha de Nossa Senhora da Lapa, perto do arraial de Antônio Pereira, a duas léguas de distância do Ouro Preto, cavada pela natureza no flanco de uma montanha, é objeto também do fervoroso culto dos fiéis, e da admiração dos curiosos.

Nas altas e escabrosas cumeadas de uma grande cordilheira campea o arraial de S. Tomé das Letras com suas alvas casinhas, semelhando um bando de brancas pombas pousadas sobre o teto do antigo templo derrocado e denegrido pelo tempo. É crença do povo que o apóstolo S. Tomé viajou e pregou na América, e a alguns sinais parecidos com letras, que se notam em uma pedra, e que se acredita terem sido ali gravadas pelo apóstolo, deve a povoação o seu nome.

Congonhas do Campo, com sua rica e formosa capela tendo por orago o Sr. Bom Jesus do Matosinho, com seu vistoso adro de escadarias, povoado de profetas de pedra (escultura curiosa de um homem mutilado da mão direita, e que atava ao punho o instrumento com que trabalhava), atrai de imensas distâncias os fiéis, que vêm pedir ao milagroso Jesus a cura de suas enfermidades, ou cumprir piedosas promessas.

Há ainda inúmeras outras romarias disseminadas por toda a extensão do império. A origem da fundação de todas essas capelas é quase sempre a aparição miraculosa da imagem de algum santo no interior de uma caverna, no seio de uma floresta, no leito de um córrego, ou mesmo no côncavo de um tronco. Os filósofos do século, os apóstolos da descrença riem-se com desdém dessas ingênuas e tocantes crenças do povo. Todavia seus engenhosos raciocínios, seus sistemas transcendentes, não podem substituir essa fé viva e singela, que alenta e consola o homem do povo nos trabalhosos caminhos da vida. Embora envolvida no cortejo de mil superstições grosseiras, de mil tradições absurdas, deixemos-lhe essa fé, que o acompanha desde o berço que bebeu com o leite materno, • que o consola em sua hora extrema. Seja embora um erro, é um erro consolador, que em nada prejudica ao indivíduo nem à sociedade; a esses filósofos poderíamos responder parodiando aqueles versos que Camões põe na boca do Adamastor:

E que vos custa tê-los nesse engano,
Ou seja sombra, ou nuvem, sonho ou nada?...

Lá bem longe, no coração dos desertos, em uma das mais remotas e despovoadas províncias do Império, existe uma das mais notáveis e concorridas dessas romarias, notável, sobretudo, se atendermos ao sítio longínquo e às enormes distâncias que os romeiros têm de percorrer para chegarem ao solitário e triste vale em que se acha erigida a capelinha de Nossa Senhora da Abadia do Muquém na província de Goiás, cerca de oitenta léguas ao norte da capital e a sete léguas da povoação de S. José de Tocantins, à margem de um pequeno córrego que tem o significativo nome de Córrego das Lágrimas. Das mais remotas paragens acodem romeiros a essa isolada capelinha para implorar à santa o alívio de seus padecimentos e trazer-lhe preciosas oferendas. Durante alguns dias do ano aquele lôbrego e escuro sítio transforma-se em uma ruidosa e festiva povoação; o Muquém é sem contestação a romaria mais concorrida e a mais em voga do interior.

Eis aqui por que ocasião e como nos foi contada a história da fundação dessa importante romaria.

Viajávamos eu e mais dois companheiros vindos de Goiás, e atravessávamos a província de Minas com direção à corte; acabávamos de arranchar em um belo sítio nas campinas graciosamente acidentadas do município do Patrocínio, junto à margem de um ribeirão, chamado Rio de S. João. A paisagem era enlevadora, o tempo magnífico.

O rio corre escoltado em uma e outra margem por uma orla de árvores alterosas e da mais formosa ramagem; o rancho está situado em um delicioso vargedo cerca de duzentos passos de distância do leito do rio, cujo brando murmúrio... não se ouvia, pois corre manso e silencioso como a jiboia escorregando subtilmente pela vereda úmida dos brejos. O tope escuro dos arvoredos destacava-se vivamente no horizonte inflamado pelos clarões do sol poente.

Enquanto os camaradas tratavam de pensar os animais, e preparava-se a comida frugal e grosseira, mas suculenta, do viajante nessas paragens, eu e meus companheiros pendurávamos dos esteios do rancho a nossa rede, essa companheira inseparável do viandante do sertão, em cujo seio tanto lhe apraz embalar-se descansando das fadigas da jornada, e cismando saudades do seu país. Já reclinados a fumar nosso cigarro nos embalávamos indolentemente passeando olhares saudosos por aqueles horizontes, dos quais meus companheiros se afastavam por pouco tempo, e a que eu no íntimo da alma murmurava um adeus talvez eterno, quando ouvimos na estrada a batida de um animal, e alguns segundos depois um cavaleiro aparece e para à porta do rancho.

– Senhores – nos diz ele depois de saudar-nos –, se ainda há cômodo para alguém no rancho, espero que me permitirão fazer-lhes companhia de pouso por esta noite.

– Com muito gosto; o rancho é de todos os viandantes, e se a sua comitiva não é muito grande, cremos que não ficará mal acomodada.

Em poucos instantes descarregou-se a pequena bagagem do nosso novo companheiro de pouso, o qual, como a sua comitiva constava de duas pessoas, ele e seu camarada, aceitou o convite, que lhe fizemos, de jantar do nosso caldeirão.

Entre pessoas desconhecidas e que nada têm a se dizerem, de ordinário a conversação se trava por perguntas. Começamos pois por perguntar-lhe donde vinha.

– De bem longe – nos respondeu ele. – Venho da famosa romaria de Nossa Senhora da Abadia do Muquém na província de Goiás, de que os senhores decerto hão de ter notícia.

O ermitão do Muquém

– Por certo – respondi-lhe eu. – Muito tenho ouvido falar nessa afamada romaria, e, segundo tenho ouvido dizer, é uma das mais bonitas e concorridas que temos.

– Sem dúvida alguma. É uma maravilha que é preciso ver-se para dela formar uma perfeita ideia. Ainda que não seja por devoção, mesmo por espírito de curiosidade vale a pena fazer-se essa viagem para ver como aquele lugar completamente desabitado no fundo dos sertões, onde apenas existe uma capelinha e um casebre sem habitantes, converte-se de repente em uma cidade cheia de vida, de rumor e movimento, composta de barracas, toldas, carros de bois, e ranchos cobertos de capim. Reúne-se ali todos os anos, na época da festa, uma população de cerca de dez mil pessoas, que vêm de distâncias enormes, até do Pará e Rio Grande do Sul, umas por devoção e para cumprirem promessas, outras para fazerem comércio, pois que nesses dias aquele lugar torna-se uma feira imensa, onde se compra, vende-se e permuta-se toda a qualidade de mercadorias. Aí os sertanejos do norte de Goiás, e das extremas das províncias da Bahia, Pernambuco, Piauí e Maranhão, vão-se prover de fazendas, quinquilharias, ferragens e vinhos que compram aos negociantes de Meia Ponte e Goiás que conduzem daquele ponto essas mercadorias. Os romeiros também vendem aos negociantes destas duas cidades, e aos de Minas e S. Paulo, grande quantidade de couros, solas, animais cavalares, redes fabricadas pelos índios, escravos, ouro em pó e diamantes.

A importância do produto da venda dos donativos feitos pelos romeiros anda anualmente por 8 a 10 contos, não incluindo-se nessa quantia as dádivas em dinheiro, que também muito avultam.

Mas todo esse movimento e animação dura apenas de seis a oito dias, findos os quais desarmam-se as tendas dos peregrinos, e o Muquém, como um acampamento abandonado, volta ao silêncio e à solidão, ficando de novo a capelinha isolada em meio daqueles tristes e silenciosos ermos.

– E o senhor – disse-lhe eu –, desculpe-me a curiosidade, o senhor foi lá simplesmente por devoção e romaria, ou também a negócio.

– O meu fim principal – respondeu – foi o cumprimento de uma promessa feita por minha mulher, que se achando atacada de uma enfermidade cruel, que zombava de todos os remédios e da ciência dos mais abalizados médicos, lembrou-se de implorar a Nossa Senhora da Abadia remédio a um mal de cuja cura os homens tinham desesperado. Pouca ou nenhuma fé eu tinha então nessas promessas e romarias, que considerava como superstições próprias somente do vulgo ignorante. Todavia minha mulher mostrava tanta confiança e fé tão viva que eu nem de leve ousei contrariá-la para não agravar-lhe os sofrimentos.

Prometermos vir ambos em romaria à capela de Nossa Senhora da Abadia do Muquém trazer alguns donativos e adorar a santa em seu próprio altar. Desde então começou minha mulher a melhorar sensivelmente, e acha-se hoje quase completamente boa. Por prudência porém assentamos que ela não viesse ainda este ano; vim eu somente cumprir parte das promessas; mas para o ano, se Nossa Senhora da Abadia continuar a proteger-nos, voltarei com ela, e enquanto eu for vivo, todas as vezes que as circunstâncias o permitirem, hei de fazer uma peregrinação ao Muquém, ainda que não seja senão para depor um simples ramo de flores e rezar uma Salve-Rainha aos pés daquela milagrosa Senhora.

– Muito se fala por toda a parte – repliquei eu – nos milagres de Nossa Senhora da Abadia do Muquém; mas o que acho aí de mais notável e singular é que fossem edificar essa capela e fundar essa romaria lá no fundo de um sertão remoto, podendo ser erigida em qualquer localidade mais vizinha de povoados.

– Essa localidade não foi escolhida por ninguém, e segundo conta a lenda, foi indicada pelo céu para nela se edificar a capelinha que aí existe. O senhor, pelo que vejo, não sabe a história de sua fundação.

– Não, senhor; apenas tenho ouvido alguma coisa de uns e outros a esse respeito muito por alto e vagamente.

– Pois não deixa de ser curiosa e interessante essa história; e se não se enfadam de escutar-me, eu a contarei com muito gosto, posto que seja algum tanto longa.

– Ainda que a narração tenha de durar a noite inteira, não nos enfadará, e o escutaremos com muito prazer. Da minha parte perderia de bom grado duas noites de sono só para ouvir essa história.

A proposição do viajante foi aceita pois por mim e por meus companheiros com o mais vivo prazer. De feito, quem não gostará, ao descair de uma noite pura e silenciosa, em um aprazível e tranquilo pouso em meio das solidões, recostado preguiçosamente em uma rede a fumar um bom cigarro depois de ter saboreado uma xícara de café, quem não gostará de escutar a narração de uma lenda popular?

O sol já tinha desaparecido inteiramente do horizonte; sombra, fresquidão e melancolia desciam sobre a terra no manto cinzento do crepúsculo.

O nosso jantar estava pronto; improvisou-se a mesa sobre algumas canastras reunidas, em torno das quais cada um acomodou-se do melhor modo que pôde, e serviu-se o jantar, que consistia no infalível e patriarcal feijão com toucinho, linguiças assadas, arroz e outras coisas de que já me não lembro, regando-se tudo com um cálix de aguardente de cana, que a natureza parece ter criado de propósito nesses lugares para cortar os maus efeitos desses alimentos pesados e gordurosos. Por fim tomou-se o café, não essa tintura negra e detestável que se serve por aí nesses hotéis e hospedarias com o nome de café, mas o verdadeiro café aromático e balsâmico, tal como se sabe preparar em Minas, e cujos deliciosos vapores aquecem o cérebro e expandem tão suavemente o coração.

Enfim, estando já tudo arranjado no rancho, assentamo-nos em nossas redes aguardando a narração que o romeiro do Muquém nos prometera. Tudo foi silêncio imediatamente; cessaram as vozerias e toques de violas dos camaradas, e até os cães, deitados ao pé do fogo estendendo o focinho por sobre as patas encruzadas, pareciam escutar com religiosa atenção as palavras do narrador.

O nosso romeiro era natural dessa risonha e pitoresca região onde tem o seu berço o majestoso e opulento Jequitinhonha, que rola suas águas por sobre rubis e diamantes, dessas donosas campinas caprichosamente acidentadas, e cortadas de cristalinos ribeirões, a cujos habitantes o céu entornou no espírito as centelhas do engenho e da inspiração, como alastrou-lhes o solo de brilhantes e preciosas pedrarias. Poderia ter trinta e tantos anos; era de imaginação viva, inteligência clara, e sua linguagem e maneiras revelavam um espírito cultivado e fina educação. Nos olhos e na boca tinha notável expressão de bondade e franqueza; sua voz era de um timbre claro e sonoro. Nada pois faltava ao nosso narrador para prender todas as atenções.

Como o romeiro de Muquém tinha de seguir sua viagem por alguns dias na mesma direção que nós levávamos, durante quatro noites entreteve-nos ele os serões do pouso com a narração da história que vamos reproduzir, e que por essa razão dividiremos em quatro pousos.

POUSO PRIMEIRO
O CRIME
_____

I

O valentão

Na cidade de Goiás, antigamente Vila Boa, existia, há de haver mais de um século, um moço que por suas turbulências e espírito de valentia tinha adquirido a mais estrondosa nomeada por todas aquelas paragens.

Era filho de pais abastados e de boa família; porém educado à larga, abandonado desde a infância a si mesmo, sempre em meio de más companhias, dotado além de tudo de índole inquieta e fogosa, este rapaz, que poderia ser um homem de bem e útil à sociedade, se uma educação regular tivesse dado salutar direção aos instintos de sua natureza, foi-se tornando um valentão famoso, talhado a molde para as galés ou para o patíbulo.

Gonçalo, que assim se chamava, aplicou-se com ardor desde criança ao manejo de armas de toda a qualidade, a domar animais bravos, a caçar, a nadar, enfim a toda sorte de exercícios do corpo os mais rudes e perigosos.

E de feito neste ponto sua educação foi completa; aos vinte anos de idade, não havia em toda capitania quem com mais destreza esgrimisse uma chavasca, quem tivesse olho mais certeiro para uma pontaria, quem melhor se segurasse nos arreios, arguentando os corcovos do burro o mais xucro, e quanto ao nadar, só poderia competir com ele a lontra, ou a capivara.

Era também agilíssimo no jogo da faca; com os pés atados bem juntos e com uma faca em punho desafiava a qualquer, e com tal destreza se defendia que nem assim o podiam tocar.

Era também hábil em manejar as armas dos índios, e sabia atirar a flecha como o mais destro dos Caiapós ou dos Chavantes. Traçava no chão um círculo de dois pés de diâmetro quando muito, entesava o arco, e mandava às nuvens uma flecha; se o ar estava tranquilo vinha ela cravar-se infalivelmente dentro daquele círculo. Causar-lhe-ia riso a façanha desse camponês da Suíça, do qual se conta que por ordem de um tirano teve de atravessar com uma flecha uma maçã colocada sobre a cabeça de seu filho; Gonçalo teria atravessado um anel.

Mas em vez de pôr ao serviço da pátria e da liberdade sua grande força e valentia, como aquele herói, Gonçalo, áspero e turbulento por natureza e por mania, atirou-se em corpo e alma na carreira da devassidão e tornou-se um completo vadio, um famoso desordeiro.

Em todos os maus lugares, onde quer que houvesse uma orgia, um batuque, uma algazarra qualquer, podia-se jurar que lá se achava Gonçalo puxando barulho, provocando desordens, só para ter ocasião de ostentar sua bravura e fazer sentir a algum desgraçado o peso de seu braço de ferro. Nisto consistia todo o seu orgulho, toda a sua glória. Quando em Goiás aparecia algum desses valentões afamados, com um desses apelidos extravagantes que por si sós fazem tremer, como Veneno, Jacaré, Tiracouro, Canguçu, etc., bem barbudo, vestido de couro, armado até os dentes, lá ia Gonçalo procurá-lo e não sossegava enquanto não achasse ocasião de quebrar-lhe a proa.

Entretanto esse moço não era mau por natureza; tinha no fundo excelentes qualidades e generosos instintos de coração, que teriam feito dele um homem precioso, se não fosse a sua má educação e a diabólica mania de querer passar pelo maior valentão do mundo.

Ainda para maior desgraça Gonçalo, antes de chegar aos vinte anos de idade, tinha perdido pai e mãe.

Desde então senhor absoluto de suas ações e de uma tal ou qual fortuna, não encontrou mais paradeiro a seus desvarios e paixões desordenadas.

Um preto velho, famoso feiticeiro, respeitado e temido pelo vulgo, lhe tinha dado certa mandinga ou caborje, amuleto temível e milagroso, que o preto

O ermitão do Muquém

inculcava como um preservativo infalível contra balas, contra raios, contra cobras e contra toda e qualquer espécie de perigos.

Gonçalo, supersticioso como todo o homem ignorante, acreditava piamente em todas essas virtudes da mandinga, e a trazia cuidadosamente cosida em seu cinturão de couro de lontra.

Gonçalo trazia também ao pescoço outro objeto de natureza inteiramente diversa; era um rico relicário de ouro com uma imagem de N. Sr.ª da Abadia, que sua mãe lhe dera em seu leito de morte recomendando e aconselhando que tivesse por aquela imagem particular devoção, e que invocasse sempre o seu patrocínio em todos os trabalhos e perigos da vida. Com efeito Gonçalo tinha a mais viva fé naquela santa imagem, e nunca em dias de sua vida deixou de beijá-la com fervorosa devoção ao deitar-se e ao levantar-se da cama depois de ter rezado uma ave-maria. Assim todas as vezes que se achava em apertos, com uma das mãos apalpava o cinturão, em que trazia o talismã da superstição africana, e com a outra levava aos lábios o relicário, confundindo desta maneira em sua tosca imaginação o culto da mãe de Deus com uma grosseira feitiçaria.

Apesar disso não se passava um só dia em que Gonçalo não fizesse provar a algum pobre cristão a força de seu braço rude e vigoroso. Cabeças e braços quebrados, narizes esmurrados, caras esbofeteadas, costas derreadas, eram façanhas que todos os dias aumentavam a fama e terror de seu nome.

Zombava da justiça, que naquele tempo e naquelas paragens parece que nenhuma força tinha.

Gonçalo muitas vezes dispersou e espancou as milícias encarregadas de prendê-lo por ocasião de alguma das suas falcatruas.

Ele as espalhava a pontapés, como quem arreda com a ponta do pé um tropeço que encontra em seu caminho.

Demais, Gonçalo tinha por si grande número de parceiros, vadios e bandidos como ele, que o temiam e respeitavam, e com os quais contava em ocasião de aperto. Era uma malta de rapazes ociosos e devassos, da qual ele por sua superioridade em forças e destreza e por sua riqueza e generosidade era o chefe natural.

Posto que temido como uma onça e respeitado entre seus camaradas pela sua valentia, Gonçalo não deixava de ser estimado, e em qualquer folguedo a sua presença era indispensável, pois era o companheiro mais alegre e folgazão que se conhecia. Ninguém com mais primor sabia pontear uma viola, cantar modinhas e lundus ou sapatear com mais desgarro e desenvoltura em uma sala de batuque. Gostava de moças, e com tais prendas e uma bonita figura, bem se vê quanto devia ser querido delas.

Era ele pois parceiro infalível em todas as festas, batuques e partidas de prazer, quaisquer que fossem.

À força de ser temido e respeitado, pois ninguém mais ousava experimentar as forças de sua mão de ferro, a vida de Gonçalo ia-se por fim monótona e sem acidentes, com o que andava ele mui desconsolado e aborrecido.

Essa vida tranquila, que ia passando, sem achar ocasião ao menos de dar uns murros ou uns pontapés, o enjoava por tal sorte, que estava resolvido a ir viajar pelos sertões em busca de quanto valentão e facínora afamado por aí houvesse, medir suas forças com eles, matá-los todos e trazer suas orelhas de mimo ao capitão-mor. O destino porém ajeitou as coisas por tal modo, que não foi preciso a Gonçalo sair de Goiás para que fossem completamente satisfeitos os seus desejos.

Entre os comparsas de Gonçalo havia um que, além de ser seu particular amigo, era o único que ousava rivalizar com ele em força e destreza. Era um rapaz por nome Reinaldo, robusto e benfeito, e geralmente estimado por sua franqueza e lealdade, e que ainda não se tinha deixado inteiramente eivar do espírito de desordem e devassidão dos seus companheiros. Nos exercícios de luta, esgrima e outros era o que dava mais trabalho a Gonçalo, e por vezes acontecia ficar indecisa a vitória. Como era ainda muito moço tinha esperança de uma dia igualar, senão exceder a seu amigo em vigor e agilidade. Os companheiros o aplaudiam e animavam de propósito para humilhar a Gonçalo, cujo orgulho interiormente desejavam ver abatido. Isto fazia espumar de raiva a Gonçalo. Nesses momentos todo o sentimento de amizade desaparecia de seu coração, e não poucas vezes suas lutas e exercícios se teriam transformado em cenas de sangue e morte, se não interviessem os amigos de ambos. Gonçalo tinha bom coração e era excelente amigo, mas prezava acima de tudo a sua reputação de valentia. Esta singular mania encheu-lhe de trabalhos e infortúnios o caminho da vida.

II

O batuque

Era um domingo. Por uma bela noite de luar, um desses batuques animados e estrondosos, que são tão comuns nas povoações do sertão, fazia retroar um dos mais retirados e silenciosos bairros de Vila Boa. O chão tremia aos frenéticos sapateados dos dançadores; o rumor das violas, dos pandeiros, dos adufos, as palmas compassadas, as cantigas esgueladas retumbavam ao longe das margens do Rio Vermelho, e iam perder-se em sons confusos pelas quebradas das montanhas vizinhas.

O ermitão do Muquém

Todo esse rumor e vozerias partiam de uma casa térrea, porém espaçosa, propriedade de mestre Mateus, velho caboclo, ferreiro de nomeada, o qual nessa noite reunia em sua casa a mais luzida rapaziada da vila e da roça, e as mais bonitas raparigas do lugar, a fim de festejar com batuque e folgança os anos de uma de suas filhas, para o que tinha obtido licença expressa do juiz ordinário. Mestre Mateus era um bom velho, de costumes pacíficos, benquisto, alegre e amigo de folgar. Nada havia pois de recear de um tal folguedo, sendo feito em sua casa, que nunca foi teatro de desordens.

Em uma grande sala alumiada por algumas candeias de ferro espetadas nas paredes, e cuja mobília consistia em bancos, tamboretes, caixas, catres e cepos semeados em desordens em roda da sala, estava a grande roda dos dançadores.

Eram guapos rapagões em trajos domingueiros, porém muito à fresca em razão do imenso calor que faz naquela terra, uns em mangas de camisa, outros descalços, porém todos de chapéu na cabeça, cigarros na boca ou na orelha, e uma comprida faca na cintura.

Quanto às raparigas, como sempre se nota nesses folguedos, havia grande variedade de cores e de figuras. Ao par de uma branca de longos cabelos castanhos ou louros sapateava a crioula de trunfa encarapinhada; junto de uma Megera desgrenhada e titubiante linda mulata de olhos úmidos e lascivos se bambaleava airosamente enfunando as amplas saias de seu vestido branco ou cor-de-rosa. Entre muitas papudas, feias e desenxabidas viam-se algumas bonitas e roliças caboclas, cor de rola, de cabelo negro e corrido, e de olhos brilhantes como carbúnculos. Brilhava-lhes com profusão no pescoço o fino ouro extraído das ricas minas de Goiás, em rosários, cordões, caixilhos, medalhas que lhes ocultavam quase completamente o seio.

A aguardente de cana e outros licores circulavam com abundância à discrição dos convivas.

Uns a tomavam simples, ou da lisa, conforme a expressão do país; outros preferiam a assada, isto é, aguardente queimada com açúcar. As cabeças se atordoavam de mais a mais, o batuque fervia cada vez mais animado, e os heróis da festa nessa dança doida e vertiginosa ensopavam as camisas exalando pelos poros toda a cachaça que bebiam.

Entre as raparigas, que lá se achavam, havia uma que pelo seu garbo e formosura era o desassossego de todos os corações, e o alvo de todos os desejos. Era uma moreninha de dezessete a dezoito anos, travessa e viva como uma lontra, bonita como seria difícil encontrar outra igual, mas louca e leviana como uma criança. Tinha por nome Maria, que a gente da família e depois também o povo trocou pelo apelido de Maroca, pelo qual era geralmente conhecida.

Todos ardiam por obter um sorriso, um olhar, um pequeno sinal de preferência daquela encantadora menina; porém nenhum ousava declarar-lhe seus sentimentos, nem requestá-la mui abertamente, porque todos sabiam que Reinaldo, o amigo de Gonçalo, que a tinha em casa em sua companhia, a amava extremosamente. Ora Reinaldo, que era respeitado e estimado de todos, era além disso ciumento como um tigre, e tinha a dupla vantagem de ser o amigo e o único rival de Gonçalo. Eram motivos de sobejo para que ninguém nem de leve ousasse tocar-lhe na corda a mais sensível do coração. Portanto os convivas a tratavam com certo constrangimento e reserva, o que fazia que ela tomasse parte pouco ativa na dança.

Maroca, naturalmente travessa e desenvolta, como um diabrete, não gostava nada dessa reserva, que não lhe permitia sair sempre ao meio da sala sapateando doidamente como as outras. Triste e amuada em um canto da sala com os braços cruzados, via-se-lhe o peito moreno arfar de impaciência e agitar-lhe a alva camisa, que inundada em suor se lhe colava aos seios, deixando ver-lhe quase a nu as puras e voluptuosas formas, pois, como se sabe, por essas terras de Goiás, talvez por causa do excessivo calor, os corpos dos vestidos das senhoras não têm serventia alguma, e as mangas são verdadeiras mangas perdidas. Corpo e mangas elas os deixam cair sobre a saia em forma de aventais, ficando os seios a ondearem livres e desafogados, encobertos apenas por alva e transparente camisa, a qual ainda quase sempre é entremeada de crivos e rendas.

A Maroca, como já disse, pouco dançava; mas quando lhe cabia a vez de sair ao meio da sala, com sua graça sedutora, com seu gentil balanceado enfeitiçava a todo o mundo e arrancava estrondosos bravos a toda a rapaziada.

Reinaldo, que todo se embebia na contemplação dos encantos da Maroca, e que a rodeava de seus ardentes olhares, como um jacaré vigiando o ninho, não era dos mais alegres da festa.

Todavia o batuque continua, o frenesi recresce, as palmas fervem, e as umbigadas estouram cada vez com mais furor. Um cavaleiro apeia-se à porta da sala e bate.

Sem tomar a precaução de perguntar quem é, mestre Mateus vai imediatamente abri-la. Um belo rapagão de botas com grandes esporas de prata, chapéu à banda, chicote na mão e cigarro na boca se apresenta no limiar da porta.

– Oh! viva! – bradou mestre Mateus. – Seja muito bem-vindo, compadre Gonçalino; já me tardava; por onde andou até agora? já não gosta da casa deste seu velho compadre?

– Entra, Gonçalo; ainda vieste a tempo; já estavas nos fazendo falta.

– O Sr. Gonçalo anda-se vendendo muito caro; já não há quem o veja; alguém o ofendeu nesta casa?

– Gonçalo, deixa de ouvir secas e cumprimentos; anda para cá; vamos a beber, folgar e dançar.

Todos estes cumprimentos e outros ainda eram dirigidos quase a um tempo a Gonçalo, que não podendo responder a todos assentou de si para si que era mais cômodo não responder a nenhum. Mestre Mateus chegou-se para Gonçalo.

O ermitão do Muquém

– Estás hoje de má cara, meu compadre! o que te aconteceu?... Não queres tomar alguma coisa? da lisa ou da assada?... hem?

– Venha seja o que for, e deixem-me que estou cansado.

Dizendo estas palavras, o moço atira-se atabalhodamente no primeiro assento que encontra fazendo um barulho dos diabos com as esporas, faca, garruchas, e todo o trem bélico que trazia em si, joga o chapéu para um canto, encosta-se à parede, estende as pernas para o meio da sala com toda sem--cerimônia, boceja e fecha os olhos como quem quer dormir. Mestre Mateus volta daí a um instante com um copo na mão.

– Toma lá da queimada, compadre. Oh! com os diabos!... queres dormir, homem?

– Ora vai-te com os diabos, compadre, que me não deixas descansar. O que me queres?

— É da queimada; não tomas? e então fica-se aqui a dormir ou vai-se dançar?

Gonçalo sacudiu os ombros, e não respondeu, tomou alguns goles da assada, passeou um olhar indiferente pela sala, e de novo inteiriçou-se em seu assento a todo o comprimento do corpo com ares de quem estava soberanamente aborrecido. E de feito desde manhã até aquela hora tinha ele rondado a vila inteira, tinha penetrado em todos os recantos, botequins e casas de jogo, tomado parte em todos os ajuntamentos onde houvesse algazarra e bebedeira, dito graças pesadas a mais de uma moça bonita mesmo às barbas de seus amantes, e nem assim tinha achado ensejo nem sequer de apalpar o cabo de sua faca, e isto em pleno domingo, em uma vila de tanto povo, que se tem por valente e pouco sofredor! Daquele dia em diante Goiás não era a seus olhos mais do que um covil de aduladores, cobardes e poltrões, um curral de carneiros indigno de ser pisado pelos pés de um homem de brio. Decididamente não podia demorar-se por mais tempo em tão miserável país, e estava disposto a abandoná-lo para sempre.

O compadre Mateus veio arrancá-lo a essas reflexões.

– Que diabo tens tu hoje, compadre?... dança-se, ou não dança-se?... As moças estão ardendo por te verem na roda. Olha a Calu como está te chamando com aquele olhar derretido!... A Zezinha diz que não dança mais e vai-se embora, se continuares dessa maneira; a Maroca por te ver assim embezerrado está com medo que queiras fazer algumas das tuas, e já foi ver o capote para escapulir-se. Ah! compadre, isto não está bem; você, que é sempre o melhor companheiro de folgança, há de ser hoje o nosso desmancha-prazeres! Oh! bravo!... é a Maroca que sai a campo! é a rainha da festa. Olha, compadre, como está linda aquela feiticeirinha! Bravo disso! bravo, Maroca!

E a Maroca, depois de ter feito os mais galantes e graciosos requebros sapateando pela sala, girou como um corrupio sobre os talões, abaixou-se rapidamente rente ao chão, deixando ver somente entre os tufos de suas alvas saias enfunadas os braços e o rostinho cor de jambo, como uma rolinha deitada em ninho de algodão batido.

– Bravo! Bravíssimo! – bradou Gonçalo levantando-se de um salto, que retiniu com estrondo por toda a sala. Depois continuou baixo voltando-se para mestre Mateus:

– Agora sim, compadre, sou da festa; a Maroca está aí, vai tudo bem. E o Reinaldo, onde está ele? não veio?...

– Não enxergas!... Olha, lá está ele naquele canto, e por sinal que está hoje triste e de viseira fechada, não sei por quê.

– Bem! Lá o vejo – disse Gonçalo, em cujos olhos reluzia um prazer satânico, e continuou resmungando entre si: – Bem! muito bem! aqui sim! tenho uma linda menina a quem posso fazer a corte, e ao lado dela um valentão de primeira ordem a quem farei abaixar o topete. Ah! Reinaldinho, meu amigo, eis aqui uma bela ocasião de mostrar, sem ser por brincadeira, qual dos dois é mais valente, o tigre ou a onça, e isto sem quebra de nossa amizade; para teu ensino quebrar-te-ei bem as costelas diante de toda esta gente, e nem por isso deixaremos de continuar a ser bons amigos como dantes. Não serás o primeiro amigo a quem dou uma destas proveitosas lições.

Não se pense que estas palavras, que Gonçalo murmurava consigo, eram um escárnio feroz, um sarcasmo filho do ódio; não, elas eram a expressão sincera de seus sentimentos. Ele queria bem a Reinaldo, e seria capaz de lançar-se por entre o ferro e o fogo para defendê-lo; mas o que não podia levar a bem é que este tivesse a louca pretensão de rivalizar com ele em valentia; por isso suspirava sinceramente por uma ocasião de dar-lhe uma sova tal, que lhe desvanecesse de uma vez para sempre suas quiméricas aspirações, e que enfim conhecendo Reinaldo o seu lugar, não houvesse mais motivo de desavença entre eles. Quão mal conhecia ele a esse amigo, medindo-o pela mesma bitola dos outros seus camaradas.

A rapariga, que nesse momento dançava, vendo Gonçalo já em pé, dirigiu-se para ele e o tirou para o meio da sala.

– Sou daí! – bradou ele com voz de atordoar.

Ganhou de um salto o meio da sala, e fazendo retinir suas grandes esporas depois de ter feito em roda de toda a sala um frenético sapateado, passando revista a todos aqueles rostos, estacou em frente da Maroca, e deitando braços e cabeça para trás exclamou:

– Ah! Maroca, meu amorzinho, como estás encantadora! Agora é contigo, minha rola; sai do ninho, feiticeira!

A Maroca não se enfadou com o gracejo, sorriu-se e deixando-se arrebatar no rodopio da dança vertiginosa brilhou com a faceirice e graça do costume.

Desde então Gonçalo e Maroca estavam sempre no meio da roda; eram o rei e a rainha da festa. As moças à porfia tiravam Gonçalo para o meio da roda; mas o endiabrado rapaz com o maior escândalo e do mundo o mais inconveniente – se é que pode haver escândalo e inconveniência em um batuque –, teimava em não se dirigir senão à mimosa e gentil Maroca, como se só ela dançasse naquela sala. Esta por sua parte não se mostrava enfadada, antes parecia vaidosa com aquela preferência, e cada vez mais requintava em meneios e requebros sedutores.

Reinaldo, porém, que se encostava a um canto para ocultar o furioso ciúme que por dentro lhe lavrava o coração, rangia os dentes e mordia os lábios observando com olhos turvos e chamejantes todos os movimentos de sua amante e de Gonçalo. Este, se bem dançava, melhor falava gritando uma algaravia infernal, chasqueando e dirigindo à Maroca os mais atrevidos gracejos, que eram como setas envenenadas que iam varar o coração do ciumento Reinaldo.

Se antes da chegada de Gonçalo o batuque corria animado e caloroso, agora fervia como as caldeiras de Satanás.

Gonçalo por fim de contas, à força de dirigir à faceira menina graças e galanteios, que não eram mal acolhidos, foi-se deixando tomar de um verdadeiro amor por ela, ou pelo menos de um vivo desejo de a possuir.

Ele, que a princípio só a procurava para provocar um ensejo de travar-se de razões com Reinaldo e mostrar em público e raso sua superioridade moendo-lhe os ossos ou quebrando-lhe a cara, agora fascinado pelos encantos daquela beleza perigosa, seria capaz de sangrá-lo ali sem compaixão, se se atrevesse a disputar-lha.

E também aquela bandoleira, seduzida a seu turno pelos requebros do guapo mocetão, que era o alvo dos desejos de todas aquelas filhas do bordel, nem olhava para Reinaldo, que com o inferno no coração deixara a dança, e em pé junto a uma candeia fincada na parede apertava com tremor convulsivo o cabo da larga faca, com que vagarosamente picava fumo para o cigarro, relampeando de quando em quando olhares de fogo ora sobre um, ora sobre outra, e ardendo por ver o fim daquela para ele odiosa orgia.

III

Dito e feito

*E*nfim os dançantes, já esbaforidos e estafados dos pulos e sapateados daquela dança doidejante, assentaram de tomar algum descanso. Calaram-se as violas e os adufos, e os convivas se dispersaram pelas diversas acomodações da casa a tomar licores e refrescos a fim de se habilitarem para nova refrega.

Reinaldo respirou. Enrolou o seu cigarro, acendeu-o, e dirigindo-se para a Maroca, que pela força do costume viera se assentar ao pé dele, disse-lhe com ar sombrio:

– Maroca, vamo-nos embora; este folguedo não está com jeito de acabar bem; já é tarde, e antes que aconteça alguma desgraça, vamos para casa.

– Pois já? Tão cedo!... seria melhor então que não tivéssemos vindo cá, respondeu a menina mostrando-se contrariada e sem procurar disfarçar o seu descontentamento. Mestre Mateus há de se enfadar se sairmos já; ainda é muito cedo; logo mais iremos.

– Hum!... rugiu Reinaldo do fundo do peito. Estou hoje te desconhecendo, minha amiga; quem virou-te assim essa cabecinha?... seria esse...

– Ora deixe-se de tolices – volve ela interrompendo-o com azedume. – Isso não tem propósito nenhum. Se você não gosta destes divertimentos, devia deixar-se ficar em casa, que eu por mim bem podia vir sozinha.

Levanta-se dando um muxoxo, volta-lhe as costas e vai-se retirando com certo ar de desdém. Estas palavras e este gesto doeram no coração do pobre rapaz, como se um ferro agudo o tivesse atravessado. Brandiu convulsivamente a faca, que ainda tinha na mão, e ia cravá-la... na pérfida ou em si mesmo! vacilou, conteve-se, escondeu sua amargura no fundo da alma, e tomando brandamente a Maroca pelo braço, chamou-a a si com carinho.

– Minha querida – lhe diz com voz meiga e suplicante –, não sei que mal te fiz eu para assim me tratares tão desabridamente, e me despedaçares o coração com tanta crueldade. Acaso não me queres mais?... se assim é, se és tão leviana e bandoleira, que foi bastante uma só noite, um só momento para riscar do teu coração o meu nome e o meu amor, eu te peço por piedade, fala, não me encubras nada. Antes assim, do que viver iludido. Quero ouvir da tua própria boca a sentença de minha condenação. Será este o último favor que te peço, e te deixarei livre para ir bem longe de teus olhos morrer de mágoa e desesperação.

No olhar e na voz do mancebo pintava-se uma dor tão sincera e tão profunda, que Maroca, apesar de ter um coração leviano e pouco sensível, não deixou de enternecer-se.

– Não te enfades comigo, meu Reinaldo – replicou com meiguice. – Perdoa-me, se te agravei: eu sou uma estouvada, e já nem sei o que te disse. Realmente eu estava com vontade de ficar por mais algum tempo; mas se isso te incomoda, não ficarei mais nem um momento, e estou pronta desde já para acompanhar-te.

– Não, meu amor, não quero estorvar-te em teus divertimentos – diz Reinaldo já mais tranquilizado. – Dança e folga, quanto for do teu agrado. Mas por piedade, Maroca, mais reserva para com esse rapaz, que se diz meu amigo, e que tanto te persegue com suas estouvadas galantarias: ele parece que nos quer perder a todos três.

– Não te dê isso cuidado – disse ela; e dando um saltinho deu um beijo e uma bofetadinha na face de Reinaldo, e leve como uma pena desapareceu pelo interior da casa cantarolando e tocando castanhola nos dedos.

O ermitão do Muquém

Esta cena não escapou ao matreiro Gonçalo, que estava na outra extremidade da sala rodeado de comparsas, estendido em um banco a todo o comprimento, tomando da assada, e vomitando chalaças e palavradas de arrepiar os cabelos. Os ouvintes o aplaudiam vivamente e com as mais gostosas e retumbantes gargalhadas.

– Bravo! O bicho está ferido – disse lá consigo Gonçalo vendo o ar sombrio e misterioso de Reinaldo, que se sentara pensativo no tamborete abandonado por Maroca, e levantando-se foi acender o cigarro na candeia que estava junto ao seu amigo.

– Que diabo tens tu hoje, meu Reinaldinho – disse ele depois de ter acendido o cigarro –, que estás de cara tão fechada e trombudo como uma anta? Quem te ofendeu, amigo? Fala, que quero já desagravar-te.

– Gonçalo, nem sempre a gente está para brincadeiras. Se és deveras meu amigo, não estejas a provocar-me com esses gracejos de mau gosto; olha que há certas coisas, certos sentimentos, com que não se pode brincar sem perigo.

– Perigo! Algum dia me viste recuar diante de perigo algum, meu criançola? Diz antes que já te pesa a cabeça antes de tempo, e por isso andas assim focinhudo e cabisbaixo.

– Gonçalo, tu estás de propósito a querer queimar-me o sangue!... se continuas, estão rotos os laços de nossa amizade desde este momento, e...

– E o quê?... cala-te, meu tolo; não te amofines por tão pouca coisa. Aquela menina, por quem morres, se eu o quiser, posso levá-la hoje mesmo na minha garupa para onde me aprouver.

– Disso não és tu capaz, Gonçalo; eu juro por minha alma; antes que lhe ponhas a mão, cairás morto a meus pés, ou deverás passar por cima de meu cadáver.

– Santo Deus! Como está exaltado o homem! Para que fui eu pisar no rabo do cascavel, que dormia! Perdão, meu Reinaldinho, continua Gonçalo com ironia e em tom de conselho; perdão, eu não te quero ofender; mas aqui entre nós, e como amigo, devo declarar-te que não tens o direito de ser o único senhor e possuidor daquela bonita joia, senão no caso que ela muito de sua livre vontade queira continuar a ser tua.

– Gonçalo, és um vil, um infame traidor! – bradou Reinaldo espumante e lívido de cólera.– Nasceste para as galés e para a forca, e não para viver entre homens, que se prezam e se respeitam. Desprezo as tuas palavras como vindas de um ébrio; de um sandeu.

– Pelo que vejo – replica Gonçalo com um riso amarelo forcejando por dissimular seu despeito –, pelo que vejo não estás disposto a ceder-me por modo nenhum a tua amada. Pois bem, eu a tomarei por força.

– Não a tomarás, Gonçalo; eu te juro.

– E quem me impedirá?...

– Eu!

– Sai-te daí, criança; com um pontapé te arredarei do meio do caminho. Gonçalo pronunciou estas palavras com ar de desprezo e compaixão e voltou as costas a Reinaldo. Este dá um pulo de tigre e agarrando a Gonçalo pelo braço empuxa-o violentamente e brada:

– Aqui, Gonçalo, aqui! Se não és um fanfarrão, um cobarde, hás de pôr em execução as tuas ameaças, e já!

Gonçalo arranca o braço das mãos de Reinaldo, de um salto tomando distância a três passos, já de faca alçada, grita:

– Arreda-te daí, atrevido, antes que te ponha o bucho à mostra!

– A mim, fanfarrão! Vem, que eu não arredarei um dedo; não temo as tuas bazófias.

Os dois contendores estavam em distância de quatro a cinco passos um do outro; as facas brandidas convulsivamente relampeavam ameaçadoras por cima de suas cabeças, rangiam-lhes os dentes, e nos olhos lhes fuzilava um lume torvo como as chamas do inferno. Eram como dois canguçus enciumados, que ao se encontrarem arreganham os dentes e rosnam furiosos antes de se arrojarem um sobre o outro.

O negócio já cheirava a sangue, e aquela festa, começada na paz e na alegria, estava prestes a ter o mais sanguinolento desfecho.

– Misericórdia! Misericórdia! – Que será isto! – Virgem Santa! – bradava-se de todos os cantos. Uma turba de homens e mulheres em gritos lançam-se afoitamente em meio dos dois.

– Deixe, deixe esse maluco vir rasgar-me as tripas! – vociferava Reinaldo como querendo voar por cima deles e a muito custo o podiam conter.

– Chega-te, rapaz – rugia Gonçalo. – Chega-te para cá, que quero aqui mesmo coser-te a facadas, e aliviar-te para sempre desse ciúme danado que te ferve no coração.

Por alguns momentos durou esta cena sinistra, que teria tido o mais trágico resultado, se a turba em uma gritaria imensa não se entrepusesse intrepidamente entre as duas facas, que se agitavam fuzilando por cima daquela multidão de cabeças, e já retiniam chocando-se uma na outra; até que a muito custo conseguiu-se que se não travasse a luta.

O sossego restabeleceu-se finalmente; mas que sossego triste e desanimado! Que contraste entre o festival e alegre bulício e algazarra que ainda há pouco reinavam naquela reunião e esse surdo e sinistro murmúrio que agora rumorejava pelos ângulos da sala. Os convivas tinham perdido toda a vontade de rir e divertir-se, e andavam em grupos pelos cantos conversando em voz baixa debaixo da impressão de um invencível terror, fazendo as mais temerosas reflexões sobre aquele triste incidente.

Em vão mestre Mateus com seu ar bonachão e jovial se esforçava por desvanecer a terrível impressão que deixara nos ânimos de todos aquela temerosa pendência; era tudo baldado. Os mais prudentes ou medrosos foram-se pondo ao fresco, e a sala em poucos instantes ficou reduzida a menos de metade dos comparsas.

– Vamos, minha gente! – gritava mestre Mateus. – Que pasmaceira é esta! Aquilo foi uma ninharia, e uma travessura de rapazes; daqui a pouco terão es-

O *ermitão do Muquém*

quecido tudo, e estarão mais amigos do que dantes. Vamos, rapaziada! ânimo! tomem da assada, e vamos com o folguedo acima.

Gonçalo, posto que não deixasse de sentir profundo abalo com aquele conflito com o seu amigo, entendeu que faria um triste papel se continuasse a ficar mudo e amuado; portanto, sopeando o mais que pôde sua emoção, saltou logo na sala com o maior desembaraço exclamando:

— Êh! Com mil diabos! Tens razão, compadre; viva o prazer, leve o diabo a tristeza, e vamos com a folia por diante. O que sucedeu foi uma bagatela sem importância. Não é a primeira vez, nem será a última, que se vê dois homens puxarem faca um contra outro; nós não somos crianças; e se Reinaldo entende que eu o agravei, não faltará ocasião nem lugar mais oportuno em que possa desagravar-se: não é assim, Reinaldo?

– Sem dúvida – rosnou Reinaldo com voz carregada.

– Viva a paz! Viva a alegria! – exclamou mestre Mateus batendo palmas. – Falou quem pode: não há mais motivo de desgosto; toca a folgar. Mas agora, camaradas, caluda sobre este negócio! Não quero por modo nenhum que se saiba aí por essas ruas, que em minha casa, onde nunca houve desordens, e sempre gozou de muito boa fama, puxaram-se facas, e esteve-se em termos de ver correr sangue. O passado, passado; faça-se de conta que nada houve e toca a folgar. Olá das violas, vamos com isto!... um vai de roda bem esquentado!

As violas ressoaram, e a dança recomeçou, se bem que ainda um tanto fria e constrangida. Gonçalo porém dançava, palrava e gritava por todos com a maior frescura e desembaraço, como se nada tivesse acontecido. Com o seu exemplo os outros também foram pouco a pouco se animando. Quanto à Maroca, ia também gradualmente recuperando toda sua desenvoltura natural, e alardeava de novo toda a sua graça e faceirice.

Só Reinaldo, triste e taciturno a um canto, não podia dissimular a tremenda tempestade que lhe agitava o espírito, e devorava em silêncio lágrimas de raiva e desesperação.

Gonçalo pela sua parte ia-se sentindo cada vez mais subjugado pelos encantos da sedutora menina. Aquela triste pendência com um amigo, a quem gratuitamente ofendera, longe de contê-lo em seus desmandos, não foi mais que um novo incentivo que lhe fez mais vivamente cobiçar aquela beleza tão ciosamente vigiada por seu amante.

Pela primeira vez em sua vida estava disposto a desenvolver toda sua força de touro, toda sua bravura de leão, toda a sua destreza de onça, não por um mero capricho ou ostentação de valentia, mas para satisfazer uma paixão cega, que lhe rebentava na alma com a violência de um vulcão.

Este amor fatal – se é que se pode chamar amor um desejo caprichoso e brutal – junto à louca mania de querer provar a todos a força e agilidade de seu braço, extinguiram ao menos naquela noite no coração de Gonçalo todo o instinto de lealdade, todo o sentimento de amizade que ainda votava a Reinaldo.

– A Maroca hoje há de ser minha – projetou consigo o diabólico rapaz. A princípio dissera isto somente para lançar uma luva de desafio a Reinaldo, com quem ardia por travar-se séria e publicamente; mas agora era esse o mais ardente desejo de seu coração, para cuja satisfação estava disposto a sacrificar tudo. Que viessem estorvá-lo Reinaldo ou quem quer que fosse, ou toda aquela turba reunida, que ele os dispersaria como quem sacode a poeira de suas botas.

A Maroca, ou porque era ainda muito criança, ou por ser de seu natural leviana e bandoleira e não amar a ninguém, foi-se deixando facilmente seduzir pela galhardia, bravura e talvez mais pela riqueza e liberalidade de Gonçalo, que durante a dança lhe introduzira no dedo um rico anel de brilhantes prometendo-lhe ainda em segredo maiores e mais magníficos presentes.

O coração da Maroca era vário e leve, e portanto facilmente esvoaçou de Reinaldo para Gonçalo. Este, seguro das boas disposições da menina, forjou logo o mais atroz e sinistro projeto. A noite já ia muito avançada; os galos, amiudando cada vez mais seu canto, anunciavam que estava próximo o romper do dia. Gonçalo, consultando o relógio, que trazia preso a uma grossa cadeia de ouro, diz em voz alta:

– Três horas em ponto, meus caros; para quem mora a mais de légua de distância, já é tempo de pôr-se a caminho.

E imediatamente sem mais cumprimentos, enquanto os outros se entretinham em dançar, jogar ou conversar, abriu de manso a porta da rua, e desapareceu.

Reinaldo, que não dançava, nem bebia, nem jogava, mas acabrunhado por uma multidão de pungentes e sombrios pensamentos se assentara a um canto, viu com prazer a saída de Gonçalo. Seu peito respirou mais desafogado com o desaparecimento daquele homem fatal, que se tornava para ele um pesadelo, um espectro odioso. Levanta-se e procura com os olhos pela sala a Maroca, a fim de também convidá-la a retirar-se; por duas ou três vezes corre com a vista toda a extensão da sala, e não a vê nem na roda dos que dançavam, nem assentada em parte alguma: estremeceu, e bateu-lhe o coração de modo estranho.

Depois pensou:

– Decerto está lá pelo interior da casa, e não tardará a aparecer.

Esperou alguns minutos aplicando o ouvido e embebendo os olhos pelos corredores, pelas alcovas, por todos os cantos, procurando vê-la ou ao menos ouvir-lhe a voz; mas debalde.

Esperou ainda na maior ansiedade; já não só ele, mas muitas outras pessoas reparavam e estranhavam a demora da ausência de Maroca.

– Maroca! Maroca! Onde estás? Gritavam todos uns para aqui, outros para acolá; mas ninguém acudia de parte alguma.

– Querem ver que aquela sonsa foi sozinha para casa sem dar parte a ninguém. – dizia um.

– Quem sabe se a coitada teve algum ataque, e está caída aí por algum canto? – opinava outro.

O ermitão do Muquém

– Ou está nalgum canto a dormir – pensava um terceiro.

– Ou eclipsou-se com alguém – acrescentava maliciosamente um quarto.

Enfim todos se puseram em movimento dispostos a revistar e esquadrinhar todos os recantos e dependências da casa, gritando sempre pelo nome de Maroca.

– Maroca está aqui comigo! – bradou uma voz retumbante, que partiu do lado da rua. – Jurei que havia de levá-la comigo e assim o cumpro. Quem quiser, que venha tomá-la.

E ouviu-se o tropel de um animal, que partia a galope.

Todos ficaram como que petrificados.

Reinaldo, como se um raio o ferisse, caiu pálido e frio sobre um banco, e ficou por alguns instantes como que aniquilado. Depois levantando-se bruscamente e arrancando os cabelos com ambas as mãos, bate furioso com o pé no chão.

– Oh! traição! Traição infame! – exclama. – Meu cavalo! Quero já e já meu cavalo!

E com brusco movimento abalroando a todos investe para a porta. Em vão os companheiros quiseram detê-lo e apaziguá-lo.

– Deixem-me – bradou com voz de trovão, e partiu a correr como uma flecha para a casa.

IV

A louca

*N*o outro dia já o sol andava alto, quando mestre Mateus e seus tresnoitados companheiros da orgia da véspera abriram os olhos à luz do dia. A primeira ideia que se lhes apresentou ao espírito ainda anuviado pelo sono e pelos vapores das libações da noite, foi a função da véspera, a briga terrível entre Gonçalo e Reinaldo, a tremenda e desaforada traição de que este fora vítima. A princípio pensaram que despertavam de um pesadelo, mas bem depressa caíram em si, lembrando-se que desgraçadamente era tudo pura realidade.

Mestre Mateus saltou da cama resmungando:

– Um!... estes rapazes! Que doidos! Meu Deus! O que terão feito!

Atirou ao ombro a jaqueta, pôs na cabeça o seu chapéu de couro, deitou na boca uma masca de fumo, e sem mais perda de tempo, dirigiu-se o mais depressa que pôde à casa de Reinaldo. Aí não encontrou senão uma mulher velha, que morava com Reinaldo e lhe tratava da casa. Esta, que também se mostrava aflitíssima, contou-lhe que pela madrugada Reinaldo sozinho e arquejando de cansaço batera à porta, arreara o cavalo a toda a pressa sem dizer palavra, por mais que ela lhe perguntasse o que tinha acontecido, o que era feito de Maroca e onde ia àquelas horas; que resmungando e praguejando sem a nada responder partira a toda a brida, sem que ela soubesse que rumo levara.

Esta informação foi mais que suficiente para que mestre Mateus compreendesse quantas desgraças não poderiam resultar, ou não teriam já resultado daquela desastrada pendência, que vinha desacreditar para todo o sempre a sua casa. Amaldiçoava a hora em que se lembrou de fazer semelhante função, e dava aos diabos a Maroca, Gonçalo e Reinaldo, que vieram deitar azar em sua casa, onde nunca houvera nem a mais insignificante rusga. Arrependeu-se mil vezes de não ter mandado amarrar aqueles dois malucos, logo que começaram a brigar, e entregá-los à justiça; teria impedido uma desgraça, que já quase tinha como certa e irremediável.

Contudo o bom do velho sem mais perda de tempo corre à casa de alguns dos parceiros da véspera, amigos dos dois rapazes, dá-lhes conta do que acaba de saber e das inquietações que tinha no espírito. Estes também tinham acordado com a mesma preocupação, e apenas viram mestre Mateus, perguntaram-lhe com sofreguidão se tinha notícias de Reinaldo, de Gonçalo e da Maroca.

– Oh! Se as tenho! E bem tristes. O Reinaldo é tão doido como o outro. Ontem quando saiu da súcia, foi direto à casa, montou a cavalo, e voou como uma flecha atrás de Gonçalo e de Maroca. Agora vocês, que são seus amigos, o que devem fazer, é irem já e já cada um arrear o seu animal e correrem à fazenda de Gonçalo; não podiam ter tomado outro rumo. Vão ver o que é feito daqueles doidos. Depressa! Depressa! Ah! E queira Deus que já não seja tarde.

Mestre Mateus era respeitado e estimado dos rapazes, e seus conselhos eram executados à risca, como se fossem ordens.

Foi dito e feito. Em menos de meia hora alguns moços, amigos dos dois, galopavam à rédea solta caminho da casa de Gonçalo, que morava em uma pequena fazenda de sua propriedade a légua e meia da vila.

Teriam andado cerca de uma légua, quando divisaram a umas quinze braças ao lado do caminho à beira de um pequeno capão uma mulher assentada no chão e encostada ao tronco de uma árvore. Correram a reconhecê-la. Estava ela com a cabeça como que pregada ao tronco da árvore, com ar de idiota, com os olhos muito abertos, parados e obstinadamente fitos em um cadáver todo mutilado e ensanguentado, que estava estendido diante dela. O capim em roda estava todo amassado e ensopado em sangue; o sol abrasador ardia a pino; uma nuvem de insetos, moscas e maribondos esvoaçavam sobre aquele lugar, e mais longe já pairavam alguns urubus atraídos pelo cheiro da sangueira, que dali se exalava como se fosse um matadouro.

Os rapazes deram um grito de horror, e sentiram os cabelos se entesarem

O ermitão do Muquém

como espetos na cabeça, quando na mulher reconheceram a Maroca e no cadáver o desditoso Reinaldo.

A Maroca nem deu fé da chegada dos cavaleiros, e conservou-se imóvel como uma estátua, sempre com os olhos desvairados fincados sobre aquele corpo ensanguentado.

Chamaram-na pelo nome, sacudiram-na com força para ver se a arrancavam daquele torpor, e se dizia alguma coisa da cena horrorosa que ali se passara. Mas ela apenas olhava para eles como que pasmada, resmungava uns sons ininteligíveis, e tornava a cravar olhos estatelados sobre o cadáver.

E aquela feiticeira menina, ainda nessa madrugada tão linda, tão viva e travessa, agora descabelada, salpicada de sangue, com as feições horrivelmente transtornadas, parecia um fantasma, e causava horror àqueles mesmos que ainda há pouco morriam por um só de seus sorrisos. O espanto, o terror e talvez o remorso tinham fulminado a alma da infeliz rapariga, que caiu em um estado de idiotismo, do qual nada pôde depois arrancá-la.

A pobrezinha tinha também os vestidos e as mãos salpicadas de sangue, e parecia ferida, posto que ligeiramente, em uma ou outra parte do corpo. Sem dúvida naquele trance horrível se lançara entre os combatentes para os separar e se achara envolvida naquela temerosa luta.

Os cavaleiros, à vista do que observaram, concluíram que o combate tinha sido renhido, furioso e desesperado. O corpo de Reinaldo estava todo contuso, cutilado e esfaqueado; na boca e nos dentes, onde espumava um sangue negro, viam-se farrapos de pano, o que indicava que no último trance o infeliz combatera até com os dentes. Tudo enfim revelava que ali se passara uma cena pavorosa, da qual os vestígios mudos, que existiam, falavam mais alto do que toda e qùalquer narração.

Notaram depois os cavaleiros que pelo campo seguia uma batida, a qual ia salpicada de um rastilho de sangue e que ia perder-se na estrada; daí depreenderam que Gonçalo, gravemente ferido na luta, por aí se retirara, naturalmente para sua casa. Dois dos companheiros seguiram aquele trilho ensanguentado, a ver se encontravam Gonçalo vivo ou morto; seguiram pela estrada até a fazenda do mesmo, mas não o encontraram lá. A gente da casa não soube dizer o que era feito dele, posto que percorressem toda aquela vizinhança em inúteis pesquisas e indagações. Os outros se encarregaram de procurar meios de transportar para a vila o cadáver de Reinaldo, e o corpo também quase sem alma da infeliz Maroca.

Quanto a Gonçalo, nunca mais se pôde saber o destino que tomara, nem se era vivo ou morto. A justiça e mesmo os particulares fizeram por muito tempo grandes esforços para descobrir-lhe a pista. Mas tudo foi baldado. Seus amigos também fizeram por largo tempo ativas e perseverantes pesquisas por toda a capitania sem poder obter dele nem a mais leve notícia. Desanimados enfim de encontrá-lo descansaram na suposição, aliás muito plausível, de que Gonçalo, gravemente ferido na luta em que sacrificara o seu amigo, tinha morrido em alguma gruta oculta e profunda, ou pelos matos em algum recanto, onde era impossível descobri-lo, e que suas carnes tinham sido devoradas pelos corvos, e seus ossos arrebatados pelas enxurradas.

Esse deplorável acontecimento, que causou geral assombro e consternação, foi por largo tempo em Goiás objeto de conversação em todos os círculos.

– Eis aí o que faz uma mulher má! – dizia a tia Josefa, velha companheira de mestre Mateus, anos depois daquele acontecimento, em um dia em que mestre Mateus acabava de contar com todas as particularidades aquele trágico sucesso a algumas pessoas que se achavam em sua casa. – Dois rapazes tão novos, tão bons, tão bemapessoados, dois guapos mocetões, que mereciam cada um uma noiva de truz, foram para o mato fora de horas esfaquearam-se como furiosos e matarem-se por amor de uma perdida, que...

– Arre lá com isso, minha velha. – atalhou mestre Mateus. – Não te faz pena ao menos o triste estado em que até hoje se acha a coitadinha. Maroca era uma simples criança, que não sabia o que fazia. Os tais senhores mocetões é que eram dois loucos furiosos. Deus os perdoe e se amerceie de suas almas. Ela era uma pobre menina, que ainda não podia saber o que os homens são capazes de fazer por amor de uma mulher bonita. Olha, Josefa, a coitadinha ainda está muda e pateta assim mesmo como no dia em que aconteceu a desgraça.

– Foi castigo de Deus! – resmungou a velha.

POUSO SEGUNDO
OS CHAVANTES

I

O combate

*N*as margens do grande rio Tocantins, que banha o norte da província de Goiás, e reunido ao Araguaia vai como que dar a mão ao rei dos rios para entrar de par com ele no Atlântico, habita uma nação indígena das mais ferozes e indomáveis que se conhecem, ainda que também uma das mais valentes e industriosas. É a nação dos Chavantes, que dominava uma larga zona em ambas

O ermitão do Muquém

as margens daquele rio, cuja navegação tornava extremamente difícil e perigosa para os Europeus. Sobretudo na época a que nos reportamos, o seu nome era o terror dos habitantes de Goiás, ninguém ousava penetrar naqueles sertões desconhecidos, infestados por essa e outras tribos selvagens, que muitas vezes saíam do fundo de suas brenhas a exercerem horríveis matanças, estragos e depredações nos estabelecimentos e fazendas dos brancos. Algumas dessas expedições, que se organizavam com o nome de bandeiras para rechaçá-los ou exterminá-los, voltavam desanimadas e destroçadas sem nada ter conseguido. Menos dóceis que os Caiapós e os Coroados, que já se iam submetendo ao aldeamento e catequese, os Chavantes mal conheciam os brancos, com quem não queriam relação alguma, e odiavam do fundo da alma.

Quatro ou cinco anos depois dos tristes acontecimentos que deixei narrados a noite passada, uma numerosa tribo daquela nação achava-se estabelecida no barranco esquerdo do rio algumas dezenas de léguas abaixo de S. José do Tocantins, pouco mais ou menos nas regiões onde é hoje o município da Palma.

Seu arranchamento era uma longa fila de tabas ou cabanas cobertas de palmas de coqueiro, disseminadas em pitoresca desordem ao longo da margem do rio em uma extensão de cerca de meia légua, como um bando de aves aquáticas pousadas à beira da torrente.

Era uma bela e calmosa sesta de Setembro. O índio naturalmente preguiçoso, porque para prover as necessidades da vida simples que leva em meio dos desertos não precisa de regar a terra com seu suor desde o nascer até o pôr do sol, nessas horas de calma íntima sobretudo entrega-se à sua natural indolência, e dorme ou se diverte. Uma turba de meninos de ambos os sexos entre alegres algazarras patinhavam na água à beira do rio adestrando-se na arte de nadar, tão necessária ao selvagem. As mulheres assentadas em diversos grupos à sombra da canjerana ou da copaíba secular, umas amamentavam suas crianças, outras teciam por passatempo esteiras, redes ou cabazes de cipós ou de palha de coqueiro; outras, deitadas em suas redes delicadamente tecidas de fios de tucum e enfeitadas de penas, embalavam-se indolentemente olhando as nuvens a passearem pelo céu, ou as águas do rio a correrem silenciosas. Os poucos homens que nessa ocasião ali se achavam, pois estavam pela maior parte dispersos pelas matas ao longo da margem do rio ocupados em caçadas e pescarias, uns assavam peixe, ou muqueavam um lagarto, um tatu ou uma paca em fogueiras acendidas fora das tabas; outros consertavam suas armas, ou talhavam arcos e flechas, e os aparelhavam de vistosas penas; um outro, deitado de costas no chão, e esticando o arco com os pés, se divertia em mandar às nuvens uma flecha e vê-la voltar e cravar-se no mesmo lugar donde partira; outros enfim, nada absolutamente querendo fazer, dormiam a sesta, ou deixavam passar o tempo.

De repente ouviu-se de uma das extremidades do arraial dos índios uma gritaria imensa, que se foi propagando e ecoando por toda a aldeia. Os meninos saltaram ligeiramente fora da água e correram a se amoutar nas tabas, as mulheres largaram suas ocupações, e olhavam espantadas para todos os lados; os homens levantaram-se rapidamente com as armas na mão e acudiram ao ponto onde começara o alarma. A causa daquele grande alarido e celeuma era um homem de aspecto estranho que sozinho em uma canoa vinha vogando rio abaixo.

A figura e os traços já esfarrapados desse homem causaram grande estranheza e espanto aos selvagens. Trajava um grande gibão de lã grossa apertado com um cinturão de couro de lontra, ao qual se prendia uma comprida faca com cabo e bainha guarnecida de prata, calças de algodão, e perneiras de couro de mateiro; trazia a barba mui comprida e sobre os cabelos pretos e anelados um pequeno chapéu de sola. Posto que sua tez naturalmente morena estivesse tisnada ainda pelo sol, e viesse armado de arco e flechas, os selvagens apenas o avistaram, exclamaram: "Imboaba! Imboaba!" e esta palavra odiosa, passando de boca em boca em uma imensa vozeria, repercutiu como um eco pelas ribanceiras do Tocantins.

O atrevido canoeiro ouviu toda aquela algazarra e logo compreendeu o iminente perigo que o ameaçava; porém já lhe não era possível recuar e continuou a vogar procurando avizinhar-se o mais possível do barranco oposto às habitações dos índios, esperando assim poder escapar à sua sanha e passar incólume. Mas a largura do rio não era suficiente para pô-lo a salvo de suas flechadas, e apenas achou-se em frente da aldeia, uma nuvem de flechas voou assobiando sobre ele; mas o destro aventureiro, deitando-se imediatamente no fundo da canoa e amparando-se com o seu largo remo, nem de leve foi tocado, antes achou-se provido de grande munição de flechas, de que tinha precisão, e que lhe iam ser de grande utilidade. Reenviou logo uma, e varou um cão, que ladrava na praia; uma segunda cravou-se no braço de um indígena; uma terceira levou a orelha de outro. E o afoito estrangeiro, entrincheirado no fundo da canoa e fazendo escudo da larga pá de remo, ia deslizando são e salvo pela torrente abaixo e fazendo estragos na linha dos inimigos com as armas que estes mesmos lhe forneciam. Felizmente para ele não tinham os selvagens ali à mão naquele momento uma canoa sequer. Mais algumas flechadas felizes do arco do intrépido canoeiro caíram sobre os índios e acabaram de os pôr em furor. Vendo que com as flechas não era possível ofender o imboaba, lançaram-se alguns ao rio armados de tacapes e dispostos a irem a nado atracar a canoa. Fácil seria ao canoeiro escapar à força de remo, se a multidão de flechas, que continuava a chover sobre a canoa, não o impedisse de remar, dando-lhe apenas tempo de resguardar-se de seus tiros e descochar de quando em quando uma ou outra flecha.

Já dois robustos nadadores com o tacape nos dentes estavam a poucas braças da canoa; um deles enfim a alcança e lança mão à borda. O canoeiro porém a corta imediatamente de um só golpe com sua grande faca de mato. O índio dando um grito horrível de dor desaparece deixando um sulco ensanguentado à flor da água, e surge instantes depois mais abaixo, rolando à mercê da corrente, enquanto os peixes saltitando disputavam entre si a mão decepada. O outro índio, vendo a sorte de seu companheiro, não se atreveu a atracar a ca-

O ermitão do Muquém

noa, e afastou-se; os mais que se tinham lançado ao rio, também não ousaram aproximar-se, temendo o mortífero gume daquela formidável faca. O forasteiro por um momento julgou-se salvo e fora de perigo. Mas eis que de súbito dá com os olhos em duas canoas entulhadas de índios, que surgiam da volta do rio singrando águas acima a todo remar.

Era uma turma de indígenas, que estando a pescar pelas proximidades tinham ouvido o alarido que havia nas tabas, e julgando ser algum perigo, acudiam em seu socorro. O canoeiro viu que a sua situação era desesperada e sua morte inevitável, e que seu único recurso era morrer como homem combatendo até o último alento.

À força de audácia e de esforços desesperados conseguiu encostar a canoa ao barranco oposto; tomou à pressa todas as suas armas, saltou em terra e embrenhou-se pelo mato, não para escapar aos selvagens, pois bem via que seria uma tentativa inútil, mas para escolher um lugar onde pudesse defender-se por mais tempo e vender mais cara a sua vida. Os índios em número sempre crescente saltavam na água e atravessavam o rio; os das canoas também se aproximavam rapidamente. O forasteiro bem compreendeu que qualquer resistência seria inútil, mas não era homem a deixar-se degolar como uma ovelha, e preparou-se para combater até o último trance. Depois de ter-se entranhado cerca de uns duzentos passos por um mato espesso e emaranhado, abrindo caminho com a faca por entre taquaras e cipós, escolheu posição para fazer frente aos inimigos junto a um corpulento tronco de peroba, que lhe oferecia formidável baluarte. Por detrás desse tronco estendia-se um espesso e impenetrável tabocal, que lhe protegia a retaguarda.

Ali encostou todo o seu arsenal de armas, que consistiam em um arco com algumas flechas, uma grande faca, uma foice pequena, uma pistola de dois canos e uma espingarda carregada com os últimos cartuchos que lhe restavam, e que de propósito reservava para ocasiões difíceis. Ali resolveu-se a resistir até às últimas aos seus selvagens agressores.

Estes, seguindo a batida que o estrangeiro ia fazendo com sua pequena foice, em breve chegaram a descobri-lo, e logo travou-se entre eles o combate o mais temeroso e desigual que se pode conceber. As flechas dos índios iam-se cravar no tronco, por trás do qual o imboaba se abrigava, ou entranhavam-se pelo tabocal, onde se perdiam silvando. Avançando um a um pela estreita picada praticada em um mato cerrado e atravancado de taquaras e cipós, os selvagens iam caindo também um a um aos tiros certeiros do aventureiro, que não perdia uma só flecha, nem um só tiro; aquele em quem fazia a mira caía infalivelmente, ou morto ou gravemente ferido. Os selvagens, cujo número de instante a instante se aumentava, atiravam-se furiosos para o tronco por trás do qual se defendia aquele homem terrível com a coragem do desespero; porém na confusão com que se precipitavam, caíam uns sobre os outros embaraçados na multidão de cipós e matos emaranhados que obstruíam aquele lugar.

Mais de um caiu aos pés do intrépido imboaba a um bem atirado golpe de foice ou recuou rugindo de dor com a mão decepada ou com o crânio escorchado. Parecia que o estrangeiro ia morrer oprimido debaixo de tantos cadáveres, que ele mesmo amontoava em torno de si.

Nada mais terrível do que a onça, quando, sendo mal atirada, se precipita abaixo do tronco em que é acuada pelos cães; assenta-se sobre os quadris rosnando e apresentando as agudas e monstruosas presas, e a cada bote que dá com as formidáveis patas atabafa e esmaga um cão, e em poucos instantes se vê rodeada de um lastro de cadáveres. Pois assim estava aquele sanhudo aventureiro ceifando e derribando a granel os imprudentes selvagens que ousavam avizinhar-se-lhe. Estes, já transidos de terror supersticioso, pensando que não combatiam contra um homem, mas contra algum espírito ou ente sobrenatural, sentiam falecer-lhes a coragem e começaram a recuar espavoridos diante de tão descomunal denodo e valentia.

Um deles porém, que parecia comandar aos outros, com um grito fez recuar todos aqueles combatentes estouvados e imprudentes, e seguido somente de um companheiro avançou resolutamente para o tronco.

O estrangeiro já tinha descarregado todas as suas armas de fogo e despedido todas as suas flechas. Este último combate portanto foi dado corpo a corpo sobre cadáveres e em um lamaçal de sangue. Ainda que extremamente fatigado e todo crivado de golpes, o forasteiro ainda deu que fazer a seus adversários. Um golpe de tacape descarregado sobre a nuca o fez titubear; outro imediatamente foi desfechado, e Gonçalo, pois era ele, caiu sobre um lago de sangue por ele mesmo derramado.

II

A taba do cacique

Uma prolongada e imensa grita aplaudiu aquela vitória a tanto custo alcançada por uma multidão sobre um só homem. Os selvagens em seu furor de vingança já iam arrojar-se sobre o cadáver, esquartejá-lo e devorá-lo ali mesmo. Mas o jovem guerreiro que descarregara o último golpe sobre Gonçalo, e

O ermitão do Muquém

que parecia ser o chefe ou cacique daquela horda, opôs-se-lhes energicamente bradando em voz irada:

– Ai daquele que ousar tocar naquele corpo!... O cadáver de um tão feroz e valente inimigo é um troféu, que deve ser apresentado ao nosso velho e venerando chefe. Este espetáculo por certo lhe aquecerá e regozijará o coração murchado pelos anos. E quem vos diz que esse estrangeiro não está vivo ainda?... Se assim é, se ainda temos de vê-lo tornar à vida, acrescenta o jovem guerreiro em tom menos severo e quase risonho, mais escolhida vítima, sacrifício mais excelente não poderá ser oferecido a Tupá no dia de minha feliz união com a formosa Guaraciaba, esse raio de luz descido do céu para iluminar-me o coração.

O chefe, que assim falava, e que tinha prostrado a golpes de tacape o sanhudo imboaba, chamava-se Inimá. A ele estava prometida a gentil e mimosa Guaraciaba, filha do velho e poderoso cacique Oriçanga, e a mais encantadora dentre as filhas da floresta.

O fato de ter vibrado o golpe de morte sobre o formidável estrangeiro era para Inimá uma proeza que ia ainda exaltar o seu merecimento e enchê-lo de glória aos olhos do velho cacique, da donosa Guaraciaba e da tribo inteira. Pelo menos ele assim o esperava, e já de antemão se regozijava interiormente de seu triunfo.

– Foi Tupá – exclamava ele em transportes de alegria. – Foi Tupá que aqui nos enviou este estrangeiro; e foi sua voz que me chamou para nos libertar de um monstro, enviado por Anhangá para maquinar a nossa perdição. Guerreiros, vamos dar graças aos céus e oferecer sacrifícios aos manitós de nossas tabas por este sucesso de tão feliz agouro.

Inimá ajuntou as armas do aventureiro, contemplou-as com admiração e curiosidade, e mandando conduzi-las com o corpo de Gonçalo em uma canoa, apressou-se em ir depor cheio de orgulho aqueles troféus, tão facilmente conquistados, aos pés do poderoso Oriçanga e da formosa Guaraciaba.

A taba do velho cacique Oriçanga, mais vasta e mais sólida que todas as outras, com sua porta guarnecida de flechas e lanças enfeitadas de vistosos penachos, com seu teto de palmas de baguçu tingidas de oca e de urucu, mirava-se galhardamente na torrente do Tocantins, e elevava-se entre as outras cabanas como a garça, rainha dos lagos, entre um bando de pequenas aves. A noite se aproximava. Sentado à porta da taba sobre a pele enorme de uma onça negra, Oriçanga esperava com impaciência que lhe trouxessem vivo ou morto o audacioso estrangeiro que assim ousava resistir a seus guerreiros, indignado de que tantos combatentes gastassem tanto tempo e achassem tamanha dificuldade em matar ou prender um só homem. Em pé junto dele, como tímida corça junto ao leão deitado, a gentil Guaraciaba tinha também os olhos fitos com ansiosa curiosidade nas canoas, que da outra margem vinham ligeiramente singrando.

Dentro em poucos minutos o corpo de Gonçalo inanimado e banhado em sangue, conduzido em uma rede com todas as suas armas, foi posto aos pés do

33

velho cacique. Inimá e seus companheiros precediam o cadáver, soltando clamores de feroz alegria. O cacique porém os recebeu com semblante torvado, e ouviu com impaciência a narração que lhe fez Inimá do combate e da desesperada resistência do estrangeiro, e dos estragos que fez em sua gente. Depois abanando a cabeça com ar descontente e gesto merencório exclamou:

– Ah! Inimá! Inimá! Já não pareces o filho do valente e invencível Iaboré! Quem diria que não ousaste ir sozinho arrostar a sanha do estrangeiro, e que deixaste morrer teus companheiros como uma vara de caitetus às garras da onça esfaímada!... Mancebos fracos e degenerados de hoje, sois incapazes de encurvar o arco de vossos antepassados. Em outros tempos, quando a idade não tinha ainda branqueado estes cabelos nem quebrado estes pulsos, eu só ou qualquer dos meus valentes teria esmagado esse mancebo com a mesma facilidade com que espedaço este cachimbo. – E esmagou entre os dedos o canudo pelo qual aspirava a fumaça da pituma.

A este gesto, a estas duras palavras bagas de suor frio escorregaram pela testa do jovem guerreiro, que batendo os dentes como um queixada enfurecido, com voz convulsa e abafada respondeu:

– Oriçanga! Oriçanga! Não profiras tais palavras!... a cólera te cega, velho cacique, e torna-te injusto. Não penses que esse estrangeiro que acabamos de garrotear era um inimigo vulgar. Não; era um enviado de Anhangá, e estou certo que com ele combatiam contra nós os manitós das trevas ocultos entre os ramos da floresta. Se lá te acharas, se presenciasses esse estranho combate e visses por que modo sobrenatural o maldito imboaba se furtava a nossos golpes, por certo nos não julgarias com tão injusto rigor. Mas seja como queres: ao que me parece esse temerário estrangeiro não está morto ainda e é bem possível que ainda volte à vida; de propósito sopeei a força de meu pulso ao vibrar-lhe o último golpe. Procurem chamá-lo à vida, curem-se suas feridas, e quando de todo tiver recobrado suas forças, que venha medir suas armas comigo. Se aos primeiros botes eu não calcar-lhe o peito debaixo de meu joelho, e não escachar-lhe o crânio com um golpe deste tacape, possam os meus olhos nunca mais se encontrar com os da formosa e incomparável Guaraciaba.

– Sejas como dizes – replicou Oriçanga. – Seja o estrangeiro recolhido em um dos aposentos de minha taba; os pajés pensem suas feridas, e ministrem-lhe todos os cuidados que reclama seu estado, e vejam se lhe restituem a vida. Se ele recuperar os sentidos e viver, Inimá, será um sacrifício de excelentes auspícios para o dia em que receberes por esposa em tua taba a gentil Guaraciaba.

Ditas estas palavras, como descia a noite, o velho cacique levantou-se e a passos lentos recolheu-se para o interior da cabana.

O espetáculo do corpo de Gonçalo todo ensanguentado e crivado de golpes não fez mais impressão sobre o espírito daqueles ferozes selvagens, do que o de uma fera que em uma partida de caça acabassem de matar e arrastar para as tabas.

O *ermitão do Muquém*

Mas não assim para Guaraciaba, que ao ver aquele belo e garboso mancebo, em cujo rosto inanimado ressumbrava a altivez e galhardia, todo pisado e banhado em sangue, sentiu agitar-lhe o seio um sentimento insólito de interesse e compaixão.

Gonçalo, recolhido em um dos compartimentos da taba do cacique, foi ali deitado sobre um leito de macias peles e confiado aos cuidados de Andiara, o mais venerável e mais sábio dos pajés, e que primava na arte de curar golpes e toda a qualidade de enfermidades. Guaraciaba prestou-se graciosamente a auxiliá-lo, e quis ser ela mesma com encantadora solicitude a enfermeira do prisioneiro ferido. Andiara examinou com atenção o corpo de Gonçalo, e reconhecendo que a vida ainda não o tinha de todo abandonado, administrou-lhe os primeiros cuidados e concebeu esperanças de salvá-lo.

Inimá, sombrio e cabisbaixo, retirou-se no fundo de sua taba, ruminando na mente as cruéis palavras de Oriçanga e entregue aos mais sinistros pressentimentos.

Enquanto Gonçalo sem sentidos jaz entre a vida e a morte, entregue aos cuidados do pajé e da mimosa Guaraciaba, vejamos o que fizera ele depois da horrível e encarniçada luta em que matara seu amigo, e por que série de acontecimentos viera ele cair nas mãos dos ferozes Chavantes.

Gonçalo, crivado de graves e profundos golpes e perdendo muito sangue depois daquele furioso e desesperado combate, desatinado e torturado pelas dores do corpo e pelas tormentas da alma, dirigiu-se o mais depressa que pôde para sua casa. Aí tratou de estancar o sangue das feridas e pensá-las à pressa e do melhor modo que pôde; e como ali mais do que em outra qualquer parte estaria em perigo a sua segurança, arrecadou todo o dinheiro e objetos de valor que pudesse levar consigo, e sem nada dizer a seus domésticos, abandonando a casa, escravos e haveres de toda espécie, montou de novo a cavalo, e tomando por trilhos escusos e desconhecidos com grande dificuldade pôde chegar exausto de força e quase desfalecendo à casa de um velho caboclo, que lhe era muito afeiçoado e que habitava um miserável ranchinho escondido entre matos em um sítio retraído e ignorado. Aí esteve por muitos dias oculto curando-se de suas feridas e recuperando suas forças. Por felicidade o caboclo era grande curandeiro, e graças aos remédios que aplicou, e que consistiam em ervas e raízes silvestres, cujas virtudes conhecia, ao zelo e dedicação com que tratava o seu jovem hóspede, e à admirável robustez da organização de Gonçalo, este viu suas feridas irem-se prontamente cicatrizando, e seu vigor e saúde de dia a dia restabelecer-se.

Entretanto em seu obscuro esconderijo Gonçalo não podia estar muito tranquilo. A justiça de Goiás ativava diligências sobre diligências para descobri-lo. As milícias e esbirros passaram algumas vezes por perto do pobre rancho do caboclo sem a mais leve suspeita de que ali se achava aquele que com tanto afã procuravam por toda a parte, e muitas vezes Gonçalo em seu leito de dores tinha de escutar as ameaças, pragas e maldições com que aqueles homens o acabrunhavam. O matreiro caboclo os acompanhava na ladainha das

35

imprecações, dando a todos os diabos o nome de Gonçalo, a quem mimoseava com os mais horripilantes epítetos, chamando-o de Satanás, tigre, canguçu, etc. Outras vezes dando falsas informações e indícios por ele mesmo excogitados iludia e desorientava completamente as diligências.

Por sua parte também as inumeráveis vítimas das valentias de Gonçalo, que lhe guardavam secreto rancor, e os amigos de Reinaldo, que os tinha muitos e dedicados, desejosos de vingá-lo, procuravam Gonçalo por toda a parte e faziam altas diligências para descobri-lo, dispostos a fazer pronta justiça por suas próprias mãos.

A vida de Gonçalo andava pois pendente de um fio.

Ele portanto, que avisado pelas próprias patrulhas que o procuravam, não ignorava estas circunstâncias, logo que se sentiu com algumas forças e em estado de poder montar a cavalo, depois de ter agradecido e remunerado generosamente os serviços do bom caboclo, desapareceu, e dirigindo-se para os sertões do norte, embrenhou-se pelas matas que demoram entre a Serra Geral e o rio Tocantins.

Sozinho naqueles ermos sem recurso, vivendo de frutos silvestres, de mel e de caça mal assada e sem adubo algum, pedindo raras vezes furtivamente agasalho em alguma pobre choupana, sofrendo trabalhos e privações, a que só sua robusta compleição podia resistir, foi-se entranhando de mais em mais pelos sertões, procurando fugir para bem longe de uma terra que se lhe tornara odiosa, e cuja lembrança lhe oprimia o coração como um pesadelo. Com as mãos manchadas no sangue de um amigo, a quem perfidamente assassinara, com a alma atassalhada de remorsos e em um sombrio desespero, vagava a esmo pelos desertos esperando morrer às garras de alguma fera ou entre as mãos dos gentios, se não sucumbisse à mortal tristeza que por dentro o corroía.

Assim vagou por muito tempo até que chegou às margens do Tocantins, onde sendo bem acolhido entre uma tribo de índios Coroados, foram-se com o tempo acalmando as angústias que o flagelavam, viveu largo tempo entre eles, adotou os seus costumes, aprendeu a sua língua, e já por sua inteligência, já por sua grande força e destreza no manejo de armas de qualquer espécie, gozou de grande respeito e prestígio entre eles.

Decidido a romper completamente com a sociedade dos homens civilizados, Gonçalo pôs-se ao serviço daquela nação. Por mais de uma vez foi-lhe dado o comando de expedições destinadas a debelar tribos inimigas, ou a fazer frente às bandeiras encarregadas de submeter ou exterminar os índios, e sempre voltava vitorioso e carregado de despojos.

Mas a inveja e a rivalidade de alguns dos principais da tribo, que viam com maus olhos o ascendente que esse estrangeiro ia tomando sobre o chefe e sobre a nação inteira, foram tornando por fim difícil e espinhosa a situação de Gonçalo. De caráter assomado e altivo, ele teve mais de uma vez de dar a alguns dos índios as terríveis lições que costumava dar outrora em Goiás a seus compatriotas. Demais, os Coroados começavam a entreter relações de amizade e de comércio com os goianos. Algumas hordas destes selvagens já começavam a ir a Goiás vender esteiras, peles, guaraná e outros objetos e comprar armas, ferramentas, fazenda e quinquilharias. Estas comunicações com seus patrícios não convinham por maneira nenhuma a Gonçalo, que com razão receava que por um acaso ou por uma traição de seus rivais da tribo fosse conhecida em Goiás a sua existência entre aqueles indígenas. Portanto resolveu-se a abandonar para sempre os Coroados, e ir procurar refúgio em mais desertos e longínquos países. Ele bem sabia que ia arrostar perigos e azares ainda maiores, e que daí em diante só encontraria feras e gentios indomáveis; mas antes quereria morrer entre as garras de um tigre ou trespassado pelas flechas dos selvagens, do que voltar a Goiás ainda mesmo de seu moto próprio, quanto mais preso e entregue à justiça.

Em uma noite pois, metido em uma canoa, em que embarcou suas armas e as provisões que pôde, deixou furtivamente o arraial dos Coroados, e abandonou seu destino à mercê da torrente do Tocantins. Assim foi descendo através de mil dificuldades e perigos, que superava à força de audácia, destreza e astúcia, em luta já com as cachoeiras do rio, já com as hordas selvagens de ambas as margens, já com a fome e privações de toda a sorte, até que chegou ao lugar onde, depois de obstinada resistência, o vimos cair como morto em poder dos Chavantes.

III

A enfermeira

*E*ra alta noite ; o silêncio e o sono reinavam na taba do velho cacique, o qual, depois de ter narrado aos amigos reunidos em torno do fogo algumas das proezas de sua mocidade, adormecera suavemente entre a fumaça de seu cachimbo e os vapores de um vaso de cauim sobre a sua enorme pele de onça. Os fogos da taba se extinguiram; no meio daquele profundo silêncio ouvia-se apenas só o resfolgar das pessoas adormecidas nos diversos aposentos da vasta cabana.

Somente no quarto em que fora recolhido o infeliz Gonçalo alguém velava. Era Guaraciaba, que à luz de um fogo que continuamente alimentava, observava com ansiosa curiosidade e interesse o rosto do mancebo moribundo. De vez em quando brandindo um tição se aproximava subtilmente do leito do ferido a ver se em seu rosto se manifestavam já alguns sinais de vida, avizinhava cautelosamente o ouvido como que procurando escutar-lhe a respiração e o palpitar do coração. Curiosa e inquieta não podia arredar sua atenção daquele leito, em que jazia o mísero prisioneiro, e o sono se recusava a cerrar-lhe as pálpebras mimosas. A pouca distância de Gonçalo, Andiara, o pajé encarregado de sua cura, deitado em uma esteira de juncos, ressonava profundamente.

Enfim lá pela madrugada Gonçalo fez um ligeiro movimento, e um fraco gemido quase imperceptível escapou-lhe do peito. Guaraciaba estremeceu e o coração pulsou-lhe com violência.

– Está vivo! – murmurou com alegre sobressalto a filha da floresta e escutou ainda; mas não ouviu mais som, nem notou movimento algum. Aproximou-se de novo ao leito, e cuidou notar um leve arquejar do peito do prisioneiro; mas este, pálido e imóvel, não apresenta ainda no semblante sinal algum de vida. Guaraciaba enfim afoita-se a pôr-lhe de manso a mão sobre o coração. Gonçalo com o frescor da madrugada e graças aos bálsamos eficazes que o experiente pajé lhe vertera nas feridas, ia pouco e pouco recuperando os sentidos, e acordava lentamente de seu longo desfalecimento. As ideias se despertavam em sua alma como em um sonho nebuloso e vago, e duvidava se era ainda em corpo e alma um habitante deste mundo, ou se já era um espírito errante pelos limbos da eternidade. No meio porém daquele penível delírio de suas confusas ideias ele sentiu a mão mimosa de Guaraciaba pousar-lhe docemente sobre o coração; mas em vão tentou abrir os olhos; suas pálpebras amortecidas e inertes não obedeceram à sua vontade; quis falar, mas não lhe saiu do peito mais que um ralido imperceptível. Este aflitivo pesadelo já há alguns minutos o atormentava, quando Gonçalo ouviu confusamente uma voz doce e infantil murmurando em língua indígena estas palavras a espaços interrompidas:

– Pobre mancebo! Meus irmãos foram bem cruéis em maltratá-lo assim! É bem triste ver um guerreiro assim na flor da vida, tão belo e tão valente, prostrado e morto a golpes de tacape, como se fora um jaguar! E por que havia ele de ser tão louco e temerário! Se não resistisse, acharia talvez entre nós agasalho amigo e franco. Como é gentil, e diferente dos meus companheiros da floresta! Seus cabelos negros e luzentes como as penas do anu enroscam-se como serpentes em redor do pescoço, seu porte é como o dos heróis; em sua larga frente ressumbra como que alguma coisa de superior e de celeste. Entretanto, ai de mim! Esse belo estrangeiro é a vítima destinada a ser sacrificada a Tupá no dia em que eu for entregue como esposa entre as mãos de Inimá para tornar os manitós propícios à nossa união! Se assim é, ó meu pai, ó Inimá, possa nunca mais raiar esse dia de tão nefasto e abominável sacrifício!

Ao som deste suave monólogo o espírito de Gonçalo começava a desnevoar-se pouco a pouco como aos acordes de uma música celestial. Recorda-se então confusamente do medonho combate da véspera, e pasma de se achar ainda no número dos vivos. Entretanto essa voz suave, que com tanta ternura o lastima, anuncia-lhe também que ele é prisioneiro, e que sua vida não é poupa-

O ermitão do Muquém

da senão para que seja solenemente sacrificada em um dia de festins nupciais. Mas as palavras desse ser desconhecido repassadas de piedosa doçura lhe ressoavam aos ouvidos como um hino de esperança, e posto que nada pudesse ver, seu coração como que adivinhava a presença de um anjo salvador, que velava junto ao seu leito. Gonçalo faz um esforço e consegue fazer um movimento e exala um fraco gemido. Guaraciaba cala-se e suspende a respiração, como a rola assustada, que interrompe o arrulho ao ouvir passos na floresta; retira-se um pouco, espera um momento e de novo chega-se ao leito e interroga com os olhos o rosto do ferido. Este sente-lhe os passos, enfim pode abrir os olhos e com voz débil e sumida pronuncia em língua indígena estas palavras:

– Virgem da floresta, ou anjo do céu, como me pareces, que tanta compaixão mostras pelo infeliz prisioneiro, dize-me, quem és tu, onde me acho eu, e o que se pretende fazer de mim?

A filha de Oriçanga, maravilhada de ouvir nos lábios do estrangeiro a língua de seus pais, lhe responde comovida:

– Tu te achas na taba de Oriçanga, meu pai e cacique dos Chavantes, em cujo poder caíste prisioneiro. Aqui ficarás até que sarem tuas feridas e recobres a saúde e as forças.

– Para depois ser conduzido ao sacrifício, não é assim, filha de Oriçanga?

– Oh! Quem to disse! – atalhou ela vivamente, e pensou consigo aterrada: acaso me teria ele ouvido?

— Oh! Sim! Bem o sei – continua Gonçalo animando-se –, sei que me conservam a vida para depois festejarem com a minha morte e consagrarem com meu sangue cobardemente derramado tuas bodas com... mas não o conseguirão... com estes dentes ainda posso arrancar as ataduras destas feridas e fazer correr por elas todo o meu sangue, para que o não derrameis em vossas festas abomináveis.

– Ah! Não! Não faças tal – exclama aflita. – Acalma-te; nenhum perigo te ameaça... mas é lástima que sejas, como pareces, um filho dos imboabas, desses cruéis inimigos e perseguidores da raça dos adoradores de Tupá.

– Não o creias, filha de Oriçanga: eu sou como vós outros filho das selvas livres; sei encurvar o arco e despedir a flecha de meus antepassados, falo, como vês, a tua língua, e só conheço o imboaba para odiar-lhe e beber-lhe o sangue.

Gonçalo por uma prudente astúcia entendeu que devia nesta conjuntura ocultar a verdade, e nem ele mentia totalmente, pois que voluntariamente se havia sequestrado da sociedade para viver entre os selvagens. Ao ouvir estas palavras Guaraciaba não pôde conter um grito de surpresa e satisfação.

– É verdade o que acabas de dizer, estrangeiro? Quê! Tu não és imboaba!... tu és dos nossos! Nesse caso tranquiliza-te; nada tens a temer aqui, é a filha de Oriçanga quem responde pela tua vida.

– Anjo – exclama Gonçalo com voz sumida e angustiada –, para que queres poupar-me a vida?... Ah! tu não sabes quanto ela me é odiosa e pesada... Mas tu não és por certo uma mulher... tu és um manitó celeste enviado por Tupá para proteger-me e consolar-me... ah! deixa-me beijar essa mão generosa...

– Cala-te – interrompeu ela levando-lhe os dedos à boca. – O pajé não quer que fales, pois isso te fará muito mal. Ah! Imprudente que eu fui em te fazer assim falar por tanto tempo.

A primeira claridade do dia já vinha frouxamente penetrando pelas frestas da cabana. As selvas começavam a despertar aos mil rumores que faziam uma multidão de aves esvoaçando, piando, grasnando ou gorjeando entre os ramos orvalhados. Nuvens de papagaios, araras e periquitos atravessavam o espaço enchendo os ares de sua incessante algazarra; e enquanto o tucano, vaidoso de sua vistosa plumagem, fazia ouvir seu rouco e ingrato grasnar, o sabiá do alto da peroba secular desprendia seus cadenciados gorjeios. Guaraciaba desperta o pajé adormecido, e anuncia-lhe, sem disfarçar sua alegria, que o estrangeiro recobrara os sentidos, e com a maior instância lhe pede e recomenda que se desvele em tratá-lo com todo o zelo que exige o seu estado melindroso.

Andiara votava paternal afeição à filha do cacique, sobre cuja infância velara desde o berço com a mais terna solicitude. Tendo ela ainda em tenra idade perdido sua mãe, a linda e donosa Naumá, Andiara, parente e amigo fiel e extremoso de Oriçanga, a cuja família julgava estar ligada a glória da nação dos Chavantes, tomou a si o cuidado de educar e desenvolver os dotes do corpo e do espírito da gentil menina, última progênie de uma raça de heroicos caciques, e em quem repousava toda a esperança da tribo. Ele a tinha sempre junto a si, e a conduzia pela mão em seus giros pelas florestas; ele entretecia com suas próprias mãos vistosos canitares de plumas ondulantes para sombrear-lhe a fronte, e lhe engastava o cinto da araçoia de palhetas de ouro nativo e de brilhantes pedrarias. Também a exercitava na arte de encurvar o arco, de brandir o tacape, de fender com os ombros as águas das torrentes, ou impelir rapidamente com o remo uma piroga a resvalar pelas ondas azuladas de seu rio natal; ensinava-lhe as danças e cantigas sagradas, e os hinos de guerra, dando-lhe uma educação toda varonil na esperança de torná-la um dia uma heroína capaz de elevar a nação ao mais subido auge de glória e de grandeza. Guaraciaba por seu lado respeitava e queria ao velho pajé como a um outro pai; com docilidade e submissão filial obedecia às suas ordens, escutava os seus conselhos, e retribuía-lhe com afetuosa gratidão os afagos e cuidados que dele recebia.

Andiara pelo muito afeto que tinha à gentil menina, ou por uma natural simpatia, deixou-se também penetrar do interesse que a ela inspirara o malferido estrangeiro, e esforçou-se com desvelo e ardor em restituir-lhe a vida e a saúde.

Tendo pois bem recomendado o enfermo aos cuidados do pajé, Guaraciaba deixa a taba, corre à beira do rio, banha as faces e os olhos ardentes de insônia na sua onda límpida e fresca, e com um pente de madeira preciosa e aromática encrustado de lâminas de ouro desembaraça e alisa os negros e luzidos cabelos, que se espalham como um véu sobre os ombros e o seio. Vai depois pressurosa despertar seu pai, e com prazenteiro e ingênuo sorriso diz-lhe:

O ermitão do Muquém

– Meu pai, ele vive!

– Quem, filha?... o imboaba?

– Sim, o estrangeiro, meu pai; esta madrugada abriu os olhos e falou...

– Bem, minha filha! Dá graças a Tupá, que nos envia um herói dos imboabas para ser imolado no dia em que eu te entregar nos braços de Inimá como companheira de sua taba. Excelente agouro, que promete a perpetuação dos heroicos caciques do sangue de meus avós! O sacrifício desse sanhudo e valente imboaba será mais grato a Tupá do que se imolássemos um cento de vítimas ordinárias, e os céus serão propícios à tua união.

– Mas, meu pai, tu te enganas, esse prisioneiro não é um imboaba; ele é, como nós, filho e Tupá, fala a língua das florestas, e odeia como nós a raça de nossos perseguidores.

– E que manitó celeste, ou que pajé inspirado revelou-te esse mistério?...

– Ele; ele mesmo mo disse.

– E acreditaste!... não sabes que a mentira, o embuste, a traição andam sempre nos lábios dessa gente pérfida e cruel?

– Oh! não... sua voz, suas falas, sua figura não são do imboaba; nelas respira o espírito de verdade, e em seu rosto transluz a altivez do filho das florestas.

– De feito. – murmurou o velho chefe abanando a cabeça – Quem com tanta destreza encurva o arco e vibra tão mortíferas flechadas, quem combate com tamanho denodo e valentia, não pode ser do sangue vil do imboaba traiçoeiro. Mas seja como for, é sempre um inimigo e um herói; e tu, minha encantadora e querida Guaraciaba, tu és bem digna de que tua união seja consagrada com o sangue de um herói soterrado pelas mãos de teu esposo.

– Ah! Meu pai! Se para que minha união seja feliz e agradável aos céus, é mister que corra o sangue de um desgraçado prisioneiro, perdoa-me, meu pai, eu não serei nunca a esposa de Inimá!

– Que dizes, filha! Como queres menosprezar a velha e sagrada usança de nossos antepassados? É sempre grato a Tupá o sangue do inimigo vertido em honra sua, e cometeríamos um crime se poupássemos a vítima que ele mesmo nos envia.

– Mas a vítima não é um inimigo, é um infeliz foragido, que porventura procurava entre nós gasalhado e asilo, e a quem recebemos com as armas na mão, como se fora um jaguar.

– Seja pois como dizes, prezada filha; quero ainda condescender com teus caprichos de criança. Sare esse estrangeiro de suas feridas, e quando o seu estado o permitir, seja conduzido à minha presença para nos dizer quem é, e contar-nos a sua história; depois veremos o que dele se fará. E ai dele se procurar enganar-me com seus embustes e mentiras!

IV

O restabelecimento

Gonçalo, graças ao acertado curativo do sábio e experiente Andiara, e à desvelada solicitude com que o tratava a filha de Oriçanga, foi mais depressa do que se podia esperar sarando de suas feridas e contusões, e readquirindo seu antigo vigor. Para seu pronto restabelecimento sem dúvida mais que tudo contribuiu a amável e interessante enfermeira que o assistia. Guaraciaba, que em língua chavante significa – raio de luz – era com efeito a mais gentil e graciosa dentre as filhas da floresta.

E não se pense que entre esses selvagens não se encontram senão rostos grosseiros e estúpidos, instintos selváticos e ferozes; não é muito raro ver-se entre eles, principalmente entre certas tribos privilegiadas, feições bem modeladas, regulares e expressivas, e nobres e generosos impulsos do coração; encontram-se por vezes entre eles criaturas em que a obra de Deus faz lembrar ainda a perfeição de sua celeste origem. Guaraciaba era o tipo da beleza indígena no mais alto apuro de sua perfeição. Filha mimosa de um poderoso cacique, criada com carinho à sombra da taba paterna, sua tez não se crestara aos ardores do sol tropical, nem se lacerara nos espinhos das selvas enredadas, e tinha em todo o seu frescor e pureza a delicada cor de jambo. Seus cabelos negros, compridos e corridos ocultavam-lhe quase completamente os ombros, e algumas madeixas desgarradas desciam ondulando a beijar os puros contornos dos seios virginais. Seus olhos pretos e oblongos ora eram meigos e serenos como a superfície de um lago dormente em noite de luar, ora cheios de vivacidade cintilavam como o carbúnculo. Seu porte, seus ademanes tinham a flexibilidade e a graça da cecém, que ao sopro das brisas matinais embala-se à beira da torrente. Ela se comprazia muitas vezes com a turba de suas companheiras em banhar os mimosos membros nas águas do seu pátrio rio, que ela fendia com a destreza e rapidez da lontra. Também empunhava com graça e garbo senhoril um arco trabalhado de primorosas esculturas, e um carcás trançado de palhas de coqueiro imitando a pele escamosa e matizada de uma serpente e bem provido de setas, com que fazia crua guerra às avezinhas, cujas penas cobiçava para seus enfeites.

O *ermitão do Muquém*

Guaraciaba e Andiara não poupavam desvelos e cuidados para que Gonçalo recuperasse forças e saúde. Ela mesma trazia em vasos de concha de tartaruga, ou de madeira esculpida, os selváticos manjares preparados por suas próprias mãos. Ora o regalava com os mais saborosos peixes e a caça a mais delicada, ora com os tenros palmitos ou a alva mandioca embebida no delicioso mel de jataí, com ovos de tartaruga, com frutos silvestres, e o suave licor extraído do tronco do buriti; e Gonçalo como que ressurgia do túmulo vivificado pela mão de um anjo.

Entretanto os Chavantes em diversos grupos se dispersavam pelas imensas florestas que bordam as margens do Tocantins, em excursões mais ou menos longínquas de caçadas e pescarias, ou em busca dos ingredientes de que fabricam o precioso guaraná, de cuja composição até hoje se ignora o segredo, ou em correrias pelas fazendas dos brancos, onde iam exercer violências e rapinas.

Quanto a Inimá, profundamente ofendido com as cruéis palavras com que Oriçanga o havia humilhado em presença de Guaraciaba e de grande número de guerreiros, se embrenhava à testa de alguns dos seus pelas florestas vizinhas para ocultar seu amargo despeito, e disposto a não aparecer senão para lavar sua afronta no sangue do atrevido forasteiro que dela fora a causa. Nas tabas pois com Oriçanga e sua filha ficara apenas uma pequena parte da tribo, pela maior parte velhos, mulheres e crianças, e uma escolta de guerreiros escolhidos eram como uma guarda do velho cacique.

Logo que Gonçalo se achou fora de perigo e algum tanto restabelecido de suas forças, foi conduzido pela gentil Guaraciaba à presença do velho chefe, para narrar-lhe suas aventuras. Junto à margem do rio, à sombra de uma colossal figueira silvestre, achava-se sentado o velho cacique rodeado de alguns guerreiros veteranos, com os quais se comprazia em rememorar as façanhas das eras de outrora, e com essas lembranças do passado sua alma se expandia como o velho e carcomido tronco da floresta já sem seiva nem folhagem, cujo calvo tope se enrama de viçosas parasitas e floridas trepadeiras. Gonçalo se assentou no meio deles; servia-lhe de assento a saliência de uma das enormes raízes do tronco. A mimosa filha de Oriçanga apresentou a cada um dos circunstantes um vaso de cauim, e um cachimbo aceso, que circulou de boca em boca, em sinal de paz e boa amizade. Assentada sobre a relva a alguns passos em frente de Gonçalo, com os pés encruzados, o braço pousado sobre os joelhos e a face sobre a mão, Guaraciaba, que nesse momento oferecia à estatuária o mais original e gracioso modelo, estava pronta a escutar com a maior atenção e infantil curiosidade.

– Estrangeiro – diz Oriçanga –, quem quer que tu sejas, ou descendas do sangue maldito do imboaba, ou tenhas nascido neste país que Tupá abençoou, já que o céu te fez cair em nosso poder, és nosso escravo, e faremos de ti o que nos aprouver. Mas diz alguém que não pertences à raça detestada de nossos perseguidores, e que as tuas tristes aventuras obrigam-te a vaguear pelas selvas foragido sem taba e sem manitós. Conta-nos pois com espírito de verdade a história de teus infortúnios, e à vista dela veremos qual a sorte que mereces.

Gonçalo, prevenido por Guaraciaba de que teria de contar ao pai dela a história dos acontecimentos de sua vida , já tinha fantasiado em seu espírito a narração que devia fazer ao velho cacique. Não lhe era preciso inventar muitas fábulas, mas somente disfarçar certas circunstâncias de sua vida mudando o nome de algumas pessoas e lugares e ocultando a sua verdadeira nacionalidade, para tornar interessante a sua narração. Assim pois misturando às vezes a história real de sua vida, cheia de incidentes e trabalhos, com algumas fábulas por ele mesmo ideadas, disse que pertencia à bela e formidável tribo dos Guaicurus, que habitavam as remotas regiões banhadas pelos rios Paraná e Paraguai. Seu pai era um cacique afamado naquelas paragens por seu grande valor e poderio. Esse cacique à testa de seus valentes guerreiros montados em grandes e velozes cavalos, percorriam as campinas de seu país natal com a rapidez do tufão, e causavam estragos e devastações imensas nos estabelecimentos dos brancos de quem se tinham tornado implacáveis inimigos. Enfim, depois de uma guerra desastrosa, ele, seu pai e toda a sua família tinham caído prisioneiros em poder dos brancos; depois tinham sido conduzidos por seus senhores a Goiás, onde foram vendidos e longo tempo gemeram vítimas de bárbaro e violento cativeiro, e onde vira seu pai sucumbir ao peso de maus tratamentos e excessivos trabalhos. Enfim crescendo em forças e idade, e não podendo por modo algum resignar-se a suportar o jugo infame da escravidão, conseguira evadir-se, e se refugiara nas matas do Alto Tocantins. Acolhido entre os Coroados, que habitavam essas regiões, em breve adquiriu a estima e apreço dos principais da tribo, que o escolheram para comandar uma expedição que tinha de marchar a exercer vinganças e depredações nas povoações dos imboabas. Aproveitou-se com sofreguidão dessa ocasião para vingar a morte de seu pai, matando com a própria mão o seu algoz e reduzindo a cinzas suas fazendas. Em muitas outras ocasiões teve de prestar os mais importantes serviços aos Coroados, quer expondo intrepidamente a sua vida na guerra, quer ensinando-lhes diversos ofícios e artes, que aprendera durante o seu cativeiro entre os brancos, quer enriquecendo-os com instrumentos, armas e mil outros despojos de imenso valor, que saqueava das fazendas que destruía. Mas enfim seus próprios feitos e serviços suscitaram-lhe uma multidão de inimigos, excitando a inveja e descontentamento de muitos, que tinham ciúme do brilho e lustre que seu nome ia adquirindo entre eles. Seus rivais não ousavam guerreá-lo abertamente, mas urdiam-lhe ciladas de todo o gênero, e moviam-lhe uma perseguição traiçoeira, à qual teria inevitavelmente sucumbido, se não tivesse fugido ocultamente a favor da noite em uma canoa confiando sua vida à mercê da corrente do rio sagrado, que o tinha conduzido até ali, afrontando novos trabalhos e perigos em busca de um asilo em qualquer canto do mundo. Chegando àquelas paragens eles Chavantes tomando-o por um inimigo, ou imboaba, o tinham atacado tão

O *ermitão do Muquém*

bruscamente e com tal sanha, que o colocaram na necessidade de defender-se com encarniçamento até o último trance.

Enfim nenhuma inimizade ou indisposição tinha com os Chavantes, de cujo poderio tinha muitas vezes ouvido falar, e cuja bravura ecoava até as mais remotas regiões. Esperava que dali em diante não o considerassem mais como um inimigo, nem como um estrangeiro, porém sim como um companheiro de mais, um aliado fiel, que não aspira a outra coisa mais do que a ter ocasião de expor sua vida e derramar seu sangue pela causa dos valentes Chavantes, e de seu bravo e poderoso chefe.

Gonçalo entremeara nesta narração os inúmeros e variados episódios de sua vida agitada e aventureira, envolvendo-os em circunstâncias estranhas e fantásticas; pintava com modéstia, porém com animação e calor, os renhidos combates em que tinha suplantado seus inimigos e rivais, os rudes trabalhos e arriscadas aventuras por que tinha passado, as proezas que praticou comandando os Coroados em suas correrias pelas fazendas dos brancos, e assim teve por largo tempo presa a atenção do cacique e mais ouvintes, que absortos e enlevados não se fartavam de escutá-lo.

– Bem! – disse o velho caudilho apenas Gonçalo deu por terminada. – A sua narração; os teus infortúnios me tocam, e tuas palavras parecem-me ser inspiradas pelo espírito da verdade. Itajiba, tu és um bravo, e as façanhas que tens praticado são dignas dos mais valentes caciques. Mas antes de seres adotado em nossa tribo, como pareces desejar, é mister que proves com os teus feitos e com serviços reais, que não com meras palavras, a força de teu braço, a valentia de teu ânimo, e a lealdade de teu coração. Por agora porém cumpre que continues o teu curativo, e que recuperes completamente com o sangue vazado por tantas e tão graves feridas a saúde e as forças de que haverás mister para te sujeitares a essas provações, e mostrares o que podes e sabes fazer. Não serás mais tratado como prisioneiro; és livre; as florestas e as campinas te são francas; podes por elas vagar e caçar a teu sabor, como se estivesses em teu país natal, pois que essa formosa criatura, a quem por felicidade tua soubeste inspirar interesse e piedade, garante a sinceridade de tuas palavras, e a minha Guaraciaba, que conversa com os manitós celestes, e escuta as falas dos sagrados pajés, não costuma iludir-se.

Gonçalo ou Itajiba, como se chamou durante o tempo que esteve entre os Chavantes, restituído à liberdade, e tratado com o mais carinhoso desvelo na taba do velho Oriçanga, sentia de dia em dia renascerem-lhe as forças e vigorar-se-lhe a saúde. Viu com prazer que todas as suas armas lhe tinham sido fielmente conservadas. Mas suas armas de fogo se lhe tornavam daí em diante completamente inúteis, pois estavam vazias, e nenhuma munição lhe restava para de novo carregá-las; isto causava-lhe bastante pesar, pois essas armas com suas temerosas detonações e seu maravilhoso mecanismo seriam um objeto de assombro para aqueles selvagens e mais um meio para atrair seu respeito e admiração, e dar a Gonçalo ainda mais prestígio entre eles.

45

Notou ainda mais, com íntima satisfação, que lhe tinham deixado intacto o sagrado talismã objeto de seu fervoroso culto, a imagem de sua celestial protetora em todos os trabalhos e perigos da vida. A curiosa Guaraciaba não pôde deixar de perguntar-lhe o que significava aquele objeto com aquela linda imagenzinha de ouro, que sempre trazia pendente ao pescoço.

– É um precioso e sagrado manitó, que me legaram meus pais, respondeu-lhe Gonçalo, é ele quem me proteje, e noite e dia vela sobre meus passos, e quem leva minhas rogativas até o trono do Grande Tupá. Sem ele há muito teria sucumbido aos imensos trabalhos e perigos que me têm atribulado a existência.

Dizendo isto Gonçalo levou aos lábios respeitosamente a santa imagem, e a apresentou à filha de Oriçanga, para que fizesse o mesmo. Guaraciaba imitou-o com gesto tímido, e disse:

– Eu também quisera ter um lindo manitó como este; mas dar-se-á caso que ele também me proteja, como protege a ti?

– E por que não, uma vez que o veneres com sincero amor e respeito, e invoques com fé viva a sua proteção? Se ele atende à rogativa do infeliz foragido, a quem as paixões e os desatinos da mocidade arrojaram num pego de desgraças, muito mais piedoso ouvido prestará sem dúvida à tímida súplica da casta e formosa virgem do deserto. Tu o terás um dia, eu to prometo, e sentirás os salutares efeitos de sua miraculosa proteção.

Guaraciaba, que desde a primeira vista sentira pelo jovem estrangeiro uma súbita e viva afeição, ingênua e singela como todas as filhas da floresta, abandonava-se sem escrúpulo a esse sentimento, de que apenas tinha consciência e nem procurava dissimulá-lo. Sua união com Inimá, a quem ela não votava nem ódio nem afeição, era apenas um projeto de família, de que ouvia falar desde o berço, e do qual na infantil singeleza de sua alma não compreendia ainda nem a importância nem o alcance, e assim a inocente dando folgas a essa paixão, que começava a germinar com intensidade em seu coração, mal pensava que criava um insuperável obstáculo à sua união com o jovem cacique. Não assim Gonçalo, que não podendo ser insensível a tão casto e tão sincero amor da virgem indiana, bem previa que esse amor devia tornar-se um dia a origem de tristes complicações e fatais conflitos, e olhava com inquietação para o futuro, que antevia eriçado de dificuldades e perigos; por isso quase sempre uma nuvem de tristeza pairava em sua fronte grave e pensativa.

V

O transvío

Logo que Itajiba mais vigoroso se achou em estado de encurvar um arco e ensaiar seus passos pelas sendas da floresta, Guaraciaba, para distraí-lo de sua inação e dos cuidados que pareciam atormentá-lo, convidou-o a um passeio e caçada de aves pelas selvas circunvizinhas. Itajiba teve logo ensejo de mostrar sua maravilhosa destreza em atirar a flecha, com grande prazer de Guaraciaba, que saltava de contente conduzindo para a sua taba uma chusma de avezinhas de variadas cores, derribadas pelas certeiras flechadas de Itajiba.

As roupas velhas e dilaceradas, que Gonçalo trouxera consigo, já não podiam servir a Itajiba; tendo de ser adotado na tribo dos Chavantes forçoso lhe era que se trajasse à maneira dos selvagens. Guaraciaba, auxiliada por suas companheiras, incumbiu-se de vesti-lo e armá-lo com todo o esplendor do luxo selvático. Uma túnica, que lhe descia até os joelhos, enfeitada de penas de brilhantes cores, lhe rodeava a cintura; um carcás formado de pele de uma monstruosa jiboia lhe pendia dos ombros recheado de mortíferas setas.

Em vez do chapéu de couro sombreava-lhe a fronte um diadema de plumas ondulantes de vistosas e brilhantes cores. Um rico tacape e um bem trabalhado arco, que Guaraciaba despendurou da sala de armas de seu pai, foram por ele empunhados. Em forma de manto a pele mosqueada de um enorme jaguar lhe caía pelas espáduas. A estes trajos selváticos Itajiba, pouco afeito a trazer os membros expostos aos rigores do tempo, ajuntou uns borzeguins ou polainas de pele de sucuri, impenetrável à umidade, agasalhou os ombros e o peito com uma espécie de gibão estreito feito de macias e finas peles, apertou o seu cinturão de couro de lontra, ao qual prendeu a sua larga faca, e com estes trajos pareceu aos olhos de todos garboso e belo como um verdadeiro príncipe das florestas.

Os passatempos e caçadas de Itajiba e Guaraciaba repetiam-se todos os dias, e o tempo assim lhes corria suave, como as ondas serenas do pátrio rio à sombra dos arvoredos seculares, e sua mútua afeição, alimentada por aqueles solitários entretenimentos, de dia em dia se aumentava, sem que eles se apercebessem, e se expandia como a flor ignorada e sem nome, que exala seus perfumes na solidão. À medida que cresciam as forças de Itajiba, esses passeios foram-se alargando a maiores distâncias, já deslizando vagarosamente em uma leve piroga ao longo das umbrosas ribanceiras, já pelas veredas escondidas da floresta; e pelo caminho Itajiba fazia cair aos certeiros tiros de seu arco a arara azul ou encarnada, a alva garça, rainha dos lagos, o róseo colhereiro, cujas penas são tão estimadas, o tucano de enorme bico, cujo peito rubro é procurado para enfeite da túnica das virgens, o jaó, o inhambu, a capoeira, cujas carnes são tão tenras e saborosas, e mil outras aves, de cujas lindas penas Guaraciaba com suas hábeis mãos compunha vistosos ornatos para as armas de seus guerreiros.

Guaraciaba tanto tinha de meiga e singela, como de alegre e trêfega; ela se aprazia por vezes em perturbar com encantadoras travessuras as graves e profundas cismas de seu amigo. Ora lesta e subtil como uma lebre sumia-se entre as moitas da floresta, sem que Itajiba o pressentisse; este dando por sua falta, olha inquieto para todos os lados , chama-a gritando seu nome uma e muitas vezes, aplica o ouvido aos ecos; mas Guaraciaba não responde, nem aparece em parte alguma. No auge da inquietação Itajiba perplexo não sabe nem o que pensar nem o que fazer, quando sente por detrás uma ligeiras mãozinhas a lhe tapar os olhos.

– Guaraciaba! – lhe diz ele sorrindo –, que susto me causaste! Oh! Não brinques mais por essa forma, que me fazes mal.

– Perdoa-me, Itajiba; quis distrair-te de teus cuidados. Estavas tão triste e pensativo! Parece que tens muita saudade dos teus e do teu pai!

– Não; pura e formosa filha de Oriçanga, quando estou junto a teu lado, que me importa o resto do mundo?...

Outras vezes com pena das pobres avezinhas, em que Itajiba fazia a mira, ou lhe espantava a caça, ou lhe fazia perder o tiro tocando-lhe o braço no momento de despedir a seta.

Uma vez ambos atravessavam o rio em uma canoa, que Itajiba remava; estavam ainda longe da barranca oposta, quando Guaraciaba súbito dá um grito, salta na água e desaparece. Itajiba pálido de susto pensa que algum monstro do rio, algum jacaré ou sucuri, a arrebatou; sem perder um momento salta na água com a faca em punho, mergulha e surge de novo à tona da água, torna a mergulhar e a surgir, e nada vê senão a canoa rodando rio abaixo sem governo.

Em desesperada ansiedade estava resolvido a morrer naquelas águas antes do que sair delas sem Guaraciaba, quando uma gargalhada vibrante e harmoniosa como o canto da siriema retroa no barranco vizinho. Era Guaraciaba, que de propósito se lançara ao rio, e de um mergulho ganhara a margem. Itajiba ganha de novo a canoa, e dirige-se para o barranco.

— Ó querida e formosa Guaraciaba – diz ele ao chegar entre risonho e grave –, por piedade, não brinques mais assim. Olha que um dia, assim como hoje tomei um gracejo teu pela realidade, poderei tomar a realidade por gracejo e faltar-te no perigo.

Um dia a alegria e contentamento, que sempre reinavam nas partidas de caça dos dois selváticos amantes, foram perturbados por um triste, posto que

O *ermitão do Muquém*

bem simples incidente. Itajiba avistara pousadas sobre um galho de uma alta canjerana duas lindas e grandes juritis de luzidia plumagem, que se beijavam e se afagavam com os encarnados biquinhos, arrulhando de prazer; imediatamente embebe a seta e curva o arco.

– Pobrezinhas! – exclama Guaraciaba correndo a estorvá-lo. – Não as mate, não; deixa-as. Mas o tiro tinha partido sibilando, e as duas amantes pombas caíram varadas no coração pela mesma seta. Uma nuvem de tristeza cobriu o coração de Guaraciaba, que nesse dia não brincou nem sorriu mais, um funesto pressentimento a afligia, e aquele acontecimento parecia-lhe um presságio sinistro, mas não sabia de quê, Itajiba em vão procurava dissipar a triste preocupação de sua amiga, já zombando daquela pueril apreensão, já procurando desvanecê-la com razões sérias. Guaraciaba resolveu-se a consultar os pajés sobre a significação daquele nefasto acontecimento. O primeiro a quem se dirigiu respondeu-lhe abanando a cabeça:

– Ah! Filha de Oriçanga, semelhante sucesso não pode ser de bom agouro. Resguarda bem teu coração das chamas do amor: teu coração e o daquele a quem amares não poderão ser unidos senão pela morte.

– Em que te pode afligir um fato tão simples, ó bela e mimosa filha do mais poderoso dos caciques? – disse-lhe o venerando Andiara, a quem consultou depois. – Essa seta traspassando ao mesmo tempo duas inocentes pombas é o amor unindo para sempre duas almas puras. Esta engenhosa e consoladora explicação calou no espírito de Guaraciaba, e nesse mesmo dia se desvaneceram todos os seus sombrios pressentimentos.

Gonçalo, que no meio da sociedade civilizada só se tinha afeiçoado por capricho e passageiramente a uma ou outra mulher, agora no meio das selvas sentia brotar com energia em seu coração o gérmen de uma paixão ardente e profunda pela mimosa e encantadora virgem dos Chavantes. Posto que visse que esse sentimento era correspondido de um modo inequívoco pela filha de Oriçanga, nem por isso o futuro se lhe antolhava muito sereno e limpo de tormentas. Sabia que o velho cacique, cioso do lustre de sua descendência, a destinava desde a infância ao jovem e garboso guerreiro Inimá, que também de seu lado a adorava extremosamente, e somente morto renunciaria ao seu amor. E Oriçanga, os pajés, os veteranos da tribo, a nação inteira enfim poderiam ver impassíveis a quebra de tão solenes promessas, e consentiriam de bom grado que a ilustre e formosa noiva de Inimá passasse aos braços de um obscuro estrangeiro, foragido e sem nome? Em outros tempos Gonçalo sem deter-se um momento em nenhuma dessas considerações a teria arrebatado à força de armas e despeito de Oriçanga, de Inimá e dos Chavantes, e teria arrostado o furor da tribo inteira só para possuí-la. Mas os longos infortúnios e reveses por que passara tinham domado um pouco sua índole impaciente e fogosa, tornando-o mais prudente e cauteloso.

Guaraciaba por sua parte ouvia com indiferença desde a infância falar-se em sua futura união com Inimá, e nunca ao nome desse guerreiro sentira palpitar-lhe mais rápido o coração. Porém depois que conheceu o jovem estrangeiro, essa ideia tornou-se um peso para sua alma, e não concebia como poderia ser mulher de Inimá amando Itajiba. Mas seu coração, cheio da confiança que a inocência inspira, repousava no porvir e esperava que o céu aplainaria todas as dificuldades, e portanto abandonava-se sem reserva à paixão que a dominava.

Inimá, retraído na profundez das selvas com alguns dos Chavantes que lhe eram mais afeiçoados, continuava a viver afastado das tabas e quase sem comunicação alguma com o resto da tribo, e o desgraçado amante ignorava ainda que nesse mísero forasteiro, que deixara moribundo e crivado de golpes e somente digno de lástima e piedade, surgia contra ele um poderoso e formidável rival de glória e de amor.

Isolado no fundo das solidões procurava disfarçar o seu pesar e abreviar o tempo ansiosamente esperado de lavar sua afronta, cevando o seu furor nos fragueiros exercícios da caça, e perseguindo animais ferozes, como o touro batido e expelido da manada, que desabafa as iras entre rugidos furiosos escorchando troncos e rasgando a terra com as polidas pontas.

Um dia os dois amantes, enlevados em seus entretenimentos, transpondo arroios, descendo grutas e galgando colinas, não dando fé das distâncias que percorriam, nem das horas que se escoavam rapidamente, esquecidos das tabas, do tempo e do mundo, foram-se alargando mais que de costume em seu passeio pela floresta. Quando enfim já fatigados e percebendo-se do tempo, que fugia, lembraram-se de encaminhar seus passos de novo para as cabanas, acharam-se em considerável distância, e com o dia já quase a terminar sua carreira. O sol descambava rapidamente para o ocaso, e nuvens bronzeadas, que de espaço em espaço enchiam-se de fogo como estofos de algodão ardente, anunciavam iminente tempestade. Itajiba, que desconhecia aqueles lugares, onde pela primeira vez penetrava, e que se achava algum tanto confundido pelos giros e voltas que dera pela floresta, subiu a uma eminência a fim de procurar orientar-se; mas o negrume do ocidente, impelido por uma rija ventania, começava a apoderar-se de todo o horizonte; o sol se escondera completamente entre um montão de negras e carregadas nuvens, e Itajiba, cercado por todos os lados de horizontes nublados e morros cobertos de florestas, não podia atinar com o rumo das habitações dos Chavantes.

Por si só nada receava Itajiba, afeito a assoberbar todos os contratempos suscitados pelos homens ou pelos elementos; nem tão pouco sentia-se sem coragem para proteger contra quaisquer azares naquelas solidões a frágil e mimosa criatura que tão cheia de confiança o acompanhava. Ele bastaria para Guaraciaba, como Guaraciaba era todo o seu mundo ou antes o seu céu. Mas a sua longa ausência, o sol que baixava, a tempestade e a noite, que se avizinhava, as suspeitas e susto de Oriçanga e de todos os Chavantes crendo perdida sua Guaraciaba e talvez roubada por ele, em quem tão generosamente se fiara, e

O ermitão do Muquém

sobre quem iam recair ainda que por momentos suspeitas da mais negra deslealdade, tudo isto eram reflexões que o enchiam da mais cruel inquietação.

O vento rugia cada vez com mais violência; o céu se abria em cataratas de fogo, e a chuva começava a despejar-se em torrentes; açoitadas pela refega as árvores vergavam-se rangendo e uivando horrivelmente, e de tempos a tempos um tronco arrancado pelo temporal baqueava com temeroso estrondo desabando pelos grotões profundos. Itajiba naquela cruel conjuntura, já esquecido de todos os mais cuidados, só tratou de procurar uma guarida, em que pudesse pôr a salvo de tão tremendo temporal a sua amada Guaraciaba. Mas por toda a parte só via as selvas imensas, que rugiam e curvavam-se ameaçadoras como querendo desabar sobre suas cabeças, e as torrentes que estrugiam rolando troncos e rochedos pelas quebradas inacessíveis. Tomando Guaraciaba pela mão e amparando-a contra a fúria do vento, que parecia querer arrancá-la do solo e arrebatá-la pelos ares, Itajiba foi descendo para um grotão, no fundo do qual roncava um ribeirão encachoeirado entre rochedos. Não longe da ribanceira enorme lajedo servia de teto a uma vasta e profunda furna, cuja larga entrada se formava sobre uma esplanada, por baixo da qual a torrente turva e espumosa rolava em catádupas. Essa furna medonha à margem de um abismo, ninho talvez de panteras e serpentes, tornou-se nesse dia como a alcova misteriosa que acolheu em seu seio dois amantes felizes, que a tempestade surpreendeu desgarrados de seus lares, e os abrigou contra a fúria dos elementos desencadeados. Entretanto Guaraciaba, perdida no deserto com seu amante em meio daquela horrorosa borrasca, não mostrava pavor nem inquietação alguma, e sorria-se ao perigo, como a gaivota unindo seus alegres pios ao rugir do furacão dos mares. É que ela se fiava na sua inocência e na eficaz proteção de seu valente e dedicado amante. Ali no interior daquela furna os dois amantes se assentaram ao lado um do outro sobre um musgoso banco de pedra talhado pela natureza, esperando que a tormenta se amainasse. Itajiba enlaçava o braço em torno do colo de Guaraciaba, e lhe apertava as mãos entre as suas, enquanto esta fitava nele seus olhos negros cheios ao mesmo tempo de amor e de timidez.

VI

Na lapa

As paixões grandes gostam de expandir-se em ocasiões solenes em face dos espetáculos grandiosos da natureza, em meio das solidões. Itajiba, com o coração a transbordar de emoção e de amor, pensou que o céu lhe enviara aquela tremenda tempestade e lhe mostrara aquele recôndito e misterioso abrigo de propósito para que tivesse ensejo de revelar à formosa filha de Oriçanga toda a força e ardor imenso de sua paixão, e todos os cuidados e desassossegos que o acompanhavam. Enquanto pois em roda e por fora da caverna urravam os furacões, de instante a instante os raios estalavam, a torrente entumecida despenhava-se com fragor na profundeza do abismo, e a tormenta desabava furiosa dilacerando o manto verde-negro das florestas, uma paixão imensa como os desertos onde engendrou-se, pura como a casta e inocente virgem que dela era objeto, se desafogava em palavras repassadas de ternura no seio da selvática beleza que a tinha sabido inspirar.

– Ó minha mui formosa e querida Guaraciaba – murmurava Itajiba aos pés da filha de Oriçanga –, se teu coração não adivinhou nem compreendeu o puro e ardente afeto que do fundo da alma te consagro, eu não sei por que maneira, nem com que palavras te possa explicá-lo, pois nem na nossa linguagem das florestas, nem naquela que os imboabas nossos perseguidores me ensinaram, não existem expressões que possam dar ideia dos suaves transportes desta paixão imensa e profunda, que tu, ó a mais formosa das filhas da floresta, só tu soubeste inspirarme. Paixões como esta, que me devora, não as pode explicar a língua dos homens; só os anjos do céu poderiam exprimi-las em seus cantares de inefável harmonia. Ah! E como poderia eu não amar-te, a ti, manitó celeste enviado por Tupá para velar sobre meus dias, a ti, que com teus carinhosos desvelos, com teu divinal sorriso me restituíste à vida, quando eu era já cadáver, a ti enfim, que com teu amor tornando-me o mais feliz dos viventes, vens abrir-me de novo as portas do porvir e da esperança!...

A estas palavras Itajiba cobriu de ardentes beijos as mãos de Guaraciaba, que tinha entre as suas, levantou-se e assentou-se de novo ao lado dela, continuou em tom mais grave:

O ermitão do Muquém

– Mas ah! Minha querida Guaraciaba, quantos embaraços e obstáculos invencíveis não vêm opor-se ao complemento de nossa felicidade! E quão incerta é a nossa sorte no futuro! Teu pai desde o berço destinou-te ao belo e valente Inimá, que também te adora com extremo; e teu pai jamais consentirá em quebrar tão sagrado compromisso. Os guerreiros de tua tribo de há muito te consideram e aclamam à futura esposa desse brilhante chefe, e sem dúvida se oporão resolutamente a que sejas entregue ao obscuro estrangeiro foragido. Bem sei que as florestas imensas estão à nossa disposição, e que em qualquer canto da terra, sem nada mais que o nosso amor, seríamos felizes, como o somos agora dentro desta lapa zombando das tormentas, que aí rugem pelo mundo. Mas tu bem sabes, jurei lealdade e prometi meus serviços a Oriçanga e à sua tribo, e a nossa fuga seria uma torpe traição, em que nem eu nem tu consentiríamos jamais. Entretanto eu te amo com amor inextinguível, e creio que nem na terra nem no céu há poder para apagar esta chama viva e pura que arde-me no coração, e nem de leve posso suportar a ideia desesperadora de perder-te um dia. Ó Guaraciaba, minha doce e pura Guaraciaba! Pudessem estes momentos, que aqui passamos sós nesta caverna ignorada, tendo aos pés essa torrente, amparados por este penedo e guardados pela tempestade, pudessem estes momentos prolongar-se por toda a eternidade!

Estas palavras coavam docemente pelos atentos ouvidos de Guaraciaba, e lhe ressoavam na alma como um hino celestial. Ela sentia-se ao mesmo tempo enternecida e ufana por ouvir aquele altivo e indômito guerreiro pronunciar a seus pés palavras do mais submisso e mavioso amor, e respondeu-lhe cheia de emoção:

– Itajiba, tuas falas são mais doces para a minha alma do que os favos da jataí, ou o suco delicioso do abacaxi. Elas fazem-me palpitar o coração como a flor que estremece ao bafejo perfumado das brisas da manhã. Tu me amas, bem o sei: e o amor que te consagro, também não é para ti nenhum segredo, embora meus lábios não o tenham revelado. A flor mesmo nas trevas se trai pelo seu perfume; a fonte do deserto escondida entre os rochedos se revela por seu murmúrio ao caminhante sequioso. Desde os primeiros momentos tu viste meu coração abrir-se para ti, como a flor do manacá aos primeiros raios do sol. Sinto que não poderei viver mais senão ao teu lado e à tua sombra; se eles quiserem separar-me de ti, ah! morrerei como a flor que da sombra orvalhada do bosque foi transplantada para os areais de fogo. Mas, Itajiba, confiemos na proteção do céu; Tupá é bom e ampara os amores puros. Inimá bem depressa se convencerá de que o não posso amar, procurará esquecer-se de mim, e desistirá de suas pretensões; e meu pai desligado de suas promessas abençoará nosso amor. Amemo-nos, Itajiba, amemo-nos cada vez mais, se é possível, e o céu encarregará de nosso futuro.

E dizendo estas palavras Guaraciaba lançava seus mimosos braços ao colo de Itajiba e o bafejava com seu amor, como a baunilha que enlaça seus tenros vimes ao robusto e altivo tronco do deserto, e lhe distila em torno seu delicioso perfume.

Itajiba, bebendo com avidez as suaves falas de Guaraciaba, foi-se deixando também enlevar pela ingênua e viva confiança que aquela alma inocente depositava na proteção do céu. A tempestade tinha sido tão violenta quanto passageira. O mesmo vento impetuoso que a trouxera a varria rapidamente do firmamento e impelia as nuvens dilaceradas para além das últimas montanhas do levante, como os esquadrões em debandada de um exército derrotado, que foge atropeladamente diante do inimigo vitorioso. O sol já quase tocando ao ocaso, desembaraçado das nuvens que o afrontavam, vibrou subitamente seus raios horizontais por entre os ramos orvalhados da floresta, e um brando clarão róseo insinuando-se pela entrada da caverna iluminou-a de suave crepúsculo e revestiu-a do aspecto fantástico de uma gruta de fadas.

– Olha, Itajiba – exclama sorrindo a filha de Oriçanga –, Tupá mandou-nos a tempestade e encaminhou nossos passos para esta caverna ignorada pelos homens a fim de que as juras de nosso amor fossem proferidas longe de vistas curiosas, e não ecoassem em ouvidos estranhos. Vê como ele agora nos envia um raio de esperança e festeja nossa felicidade!...

Itajiba transportado de amor enlaçou ao peito a fronte radiante de Guaraciaba; já seus lábios se tocavam nas delícias do primeiro beijo de amor... súbito um rumor, que se avizinha, chega-lhes aos ouvidos; ouvem-se gritos selváticos, latir de cães, sons de borés e tropear de caçadores. Este estrugido se avizinhava de mais em mais; um instante depois um ligeiro rumor se fez sentir mesmo ao pé da entrada da furna; Itajiba e Guaraciaba sobressaltados olham para aquele lugar e levantam-se de súbito dando um grito de terror . Uma enorme canguçu negra se apresenta parada á porta da gruta com os olhos chamejantes, rosnando e mostrando as agudas presas como que pasmada e indignada de encontrar em seu covil aqueles estranhos hóspedes. Tão perto deles se achava a fera, que Itajiba não tendo espaço suficiente para enristar a flecha, brandiu contra ela o seu formidável tacape. O monstro surpreendido por aquele brusco ataque recuou dois saltos e de novo voltou a face ao seu agressor; este em pé à porta da gruta já de arco feito procurava segurar a mira no coração da onça, quando cheio de pasmo dá com os olhos em um guerreiro, que em pé sobre a esplanada exterior da furna a uns dez passos de distância por detrás da fera, igualmente de arco encurvado também a encarava com assombro, e parecia como que a sua sombra ou o reflexo de sua figura. Era Inimá, que seguido de alguns companheiros perseguia aquela onça e de flecha feita igualmente fazia a mira... contra ele ou contra a fera, que se interpunha entre os dois na mesma direção? Não o pôde saber Itajiba, que em seu assombro esqueceu a fera, que diante dele rugia apresentando as presas ameaçadoras e agitando a comprida cauda a estorcer-se e bater-lhe os flancos como uma jararaca enfurecida. Tendo em frente dois inimigos igualmente ferozes como que hesitava em qual dos dois empregaria o primeiro tiro e aguardava o que primeiro atacasse. Inimá porém, que entre as sombras da gruta entrevira Guaraciaba, espumava e batia os dentes de furor, e na sofreguidão de sua cólera

O ermitão do Muquém

com tal fúria esticou o arco, que este partiu em suas mãos, e a flecha caiu-lhe inerte aos pés. A este rumor a onça, cujos olhos até então estavam constantemente fixos em Itajiba, volta-se rapidamente, em dois pulos se precipita sobre Inimá, tomba-o de costas, calca-lhe o peito com as enormes patas, e apresenta aos cães, que começam a assaltá-la, a boca escancarada guarnecida de buídos dentes, à semelhança de um riso de feroz escárnio. Os companheiros de Inimá, não podendo acompanhar de perto seu infatigável e valente chefe, ainda não eram chegados; mais um instante só e Inimá teria terminado ingloriamente a existência às garras daquele feroz animal. Estava nas mãos de Itajiba o ver-se para sempre livre de seu poderoso rival, sem que sua morte pudesse por maneira alguma ser-lhe imputada. Mas tal pensamento nem por sombra lhe passou pelo espírito, que a isso se recusava absolutamente seu coração leal e generoso. Uma bem despedida seta partiu de seu arco e voou silvando ao coração do monstro, que expirou estrebuchando em seu sangue. Inimá levantou-se desfigurado e torvo, com o peito sangrento lacerado pelas unhas da terrível canguçu. O peito lhe arquejava com violência e seus olhos sanguíneos e desvairados procuravam Itajiba; apenas o avista, grita-lhe com voz convulsa:

– Bem lançada flecha, guerreiro!... cumpriste com destreza o teu dever. Quando o canguçu acossado encontra-se com o jaguar, este o mata, e oferece assim dobrada presa ao caçador. O jaguar se refugia na toca do canguçu, onde o caçador o veio surpreender. É pois forçoso agora que pelejemos. Miserável forasteiro, que vieste trazer a zizânia e a discórdia a nossas tabas, desta vez não me escaparás. Dize-me, insolente e traidor imboaba, como ousaste roubar à taba do cacique essa virgem que te acompanha? Contavas acaso conduzi-la a salvamento para o teu covil tenebroso?... Mas tu vês; Tupá é justiceiro; foi ele que em seus ocultos desígnios dirigiu para aqui meus passos, dando-me por guia essa fera, que acaba de morrer às tuas mãos, como tu morrerás às minhas em punição de teu infame atentado. E tu que fizeste, desgraçada Guaraciaba, incauta pomba, que te deixaste enlear nos laços da astuciosa serpente? Como te animaste cobrir assim de vergonha e opróbrio as cãs veneráveis de teu pai?... Tu que eras o manitó tutelar de nossa tribo, serás de hoje em diante a sua ignomínia, e verás teu nome pronunciado com horror!...

A raiva, o pasmo, o ciúme de Inimá, vendo a sua adorada Guaraciaba transviada e fugitiva por aqueles desertos em companhia de um estrangeiro, que ele detestava, tinham-lhe ofuscado completamente o espírito, e extinguido em seu coração todo o sentimento nobre, todo o instinto de generosidade. Arrebatando um arco a um dos companheiros, que por fim vinham chegando de tropel, embebe-lhe uma flecha e a dispara contra Itajiba, porém com tal fúria e cegueira, que a flecha passou sibilando aos ouvidos de Itajiba, roçou pelo cocar de plumas de Guaraciaba, que se achava por detrás dele, e sem tocar em ninguém foi-se perder zunindo lugubremente na profundez da furna. Itajiba, que até aquele momento ouvira tudo com impassível serenidade, e só tratava de guardar-se a si e a sua formosa companheira da furiosa agressão do exasperado cacique, rompe enfim o silêncio:

– Inimá – brada ele – és um vil e um cobarde tu, que à testa de tantos guerreiros não te pejas de insultar a um estrangeiro só e sem outra defesa mais que as suas armas, e destilas de teus lábios o veneno da calúnia contra a filha de teu chefe, contra uma virgem adorável digna do respeito e do culto dos homens. És um vil e um cobarde tu, que voltas tuas armas contra aquele que há poucos instantes salvou-te a vida podendo te deixar morrer vilmente entre as garras de uma fera...

Inimá espumando de raiva não o deixou prosseguir, lança-se de um salto sobre Itajiba e atira-lhe um furioso golpe de tacape. Itajiba destro como a onça desvia-se rapidamente dando um pulo para trás, e com a faca em uma das mãos e o tacape na outra está pronto e em atitude de pelejar.

Aquela caverna ia ser testemunha de uma luta tão feroz e sanguinolenta como essa que Itajiba já tivera a sustentar ao chegar entre os Chavantes; mas ah! Desta vez ele não quereria morrer, pois o prendia com os mais suaves laços ao mundo e à vida o amor da linda e inocente criatura que ali se achava testemunhando todas aquelas cenas de horror. Entretanto o combate era dos mais arriscados e desiguais; embora matasse Inimá, Itajiba teria de travar-se depois com os cinco ou seis guerreiros da comitiva daquele. Mas o ânimo não lhe franqueia, encomenda-se com mais fervor que nunca à celestial protetora e resoluto aguarda novo ataque de Inimá. Guaraciaba, porém, lança-se no meio dos dois contendores, e voltando-se para Inimá com ar altivo e senhoril exclama:

– Detém-te, Inimá! Que furor te cega? É com esse procedimento atroz e indigno que esperas merecer um dia ter a teu lado, em tua taba, a filha do nobre e valente Oriçanga? É assim que pretendes tornar-te digno de comandar a heroica e generosa nação dos Chavantes?... no furor insensato que te alucina, ousas lançar injúrias e baldões contra a filha de teu chefe, e atentar contra a vida daquele que a acompanha e protege por estas solidões! Sabes acaso o motivo que nos obrigou a procurar este abrigo, onde nos vieste encontrar? Quem te disse que fugimos oculta e traiçoeiramente da cabana de Oriçanga?... Mas não é para contigo, Inimá, que devo justificar-me desta singular ocorrência. Guerreiros – continua ela dirigindo-se aos companheiros de Inimá – guiai-me a mim e a este estrangeiro às nossas tabas e conduzi-nos à presença de meu pai; a ele e a mais ninguém devo dar satisfação do meu procedimento.

Falando assim o peito de Guaraciaba ofegava de indignação, seus olhos cintilavam como diamantes entre as sombras da caverna, e seu talhe e colo elevavam-se garbosos como o da ema, rainha das campinas, quando irritada se ergue contra aquele que pretende roubar-lhe o ninho. Em seu orgulhoso porte, na altivez de sua nobre linguagem, revelava-se a descendente de heroicos caciques, a verdadeira princesa das florestas. A estas nobres e severas palavras de Guaraciaba Inimá sentiu gelar-se-lhe no coração toda a sua cólera, e esteve a ponto de cair de rojo a seus pés suplicando-lhe perdão; mas Itajiba ali estava, o orgulho o conteve e balbuciou apenas timidamente estas palavras:

– Perdoa-me, formosa filha de Oriçanga, se te ofendi com minhas rudes falas; a cólera, o amor, o ciúme me desvairam... Vai, gentil Guaraciaba, vai tranquila recolher-te à sombra da taba, onde sem dúvida teu pai te espera na mais ansiosa inquietação. Mas esse vil forasteiro, que te acompanha, esse sedutor infame pertence-me; há entre mim e ele um pleito de vida e morte, o qual é forçoso que hoje mesmo fique decidido.

– Inimá – bradou ela com império – este estrangeiro acompanhou-me por vontade minha, e deve comigo voltar às tabas. Itajiba, acompanha-me; guerreiros, segui-me e guiai-nos à taba de meu pai.

Inimá, subjugado por aquelas imperiosas palavras, nada replicou; receava mais a indignação daquela delicada virgem do que todo o valor e destreza de seu audaz e intrépido rival. Comprimiu pois todo o seu orgulho bem no fundo da alma, e acompanhou silenciosamente aos outros sem nada compreender das intenções da filha de Oriçanga. Mas aquela submissão e deferência já vinham tarde e de nada já lhe podiam servir. A sentença do jovem cacique estava irrevogavelmente lavrada no espírito de Guaraciaba.

VII

A volta

*G*rande agitação e ansiedade reinava no arraial dos Chavantes. Há muito que as sombras da noite tinham descido sobre a terra, e nem Guaraciaba nem Itajiba, que desde pela manhã vagavam pelas florestas, não apareciam. Que grave acidente lhes teria sobrevindo, que assim os retinha à noite pelos desertos? A tempestade tê-los-ia desorientado, e vagariam perdidos pelas obscuras selvas sem acharem quem os guiasse às tabas? Ou talvez a cheia das torrentes tivesse arrebatado, o raio fulminado, ou as feras devorado aqueles imprudentes e descuidados caçadores? Ou talvez, quem sabe? – e esta era a mais plausível e a mais cruel das conjecturas –, talvez o astuto e fementido estrangeiro, tendo seduzido o singelo coração de Guaraciaba, traindo infamemente as suas promessas, pagasse a generosa proteção e hospitalidade que encontrara na taba de Oriçanga, roubando-lhe a filha, último ramo de sua geração, e única alegria e consolação de seus velhos dias?

Entre todas estas tristes apreensões se dividiam os espíritos preocupados e inquietos com a estranha desaparição da filha do cacique, e de seu hóspede. Já por ordem de Oriçanga grande número de pessoas batiam as florestas por todos os lados à pista dos dois amantes desgarrados ou fugitivos. E que ânsias, que dolorosas angústias não dilaceravam o coração do idoso chefe, que se via em trances de perder sua única e adorada filha, alegria e orgulho de sua velhice! Desatinado e louco não parava um instante em parte alguma; ora se assentava ao pé das cinzas de seu fogo extinto arrancando as cãs, e proferindo imprecações; ora em pé à porta da cabana olhava para todos os lados... a escuridão da noite; escutava a todos os instantes... o silêncio das solidões; a cada momento expedia mais um mais outro batedor para estes e aqueles sítios, e já quase a tribo inteira, deixando desertas as tabas, percorria as florestas em todas as direções em procura dos dois transviados.

Somente o velho Andiara parecia estar tranquilo e pouco cuidadoso do sucesso, que a todos preocupava. Esse sábio e experiente pajé, que sabia ler no coração dos homens, bem tinha notado o ardente e vivo amor que os dois jovens se votavam um a outro, e longe de condenar esse amor e procurar estorvá-lo, ele o aprovava e aplaudia interiormente, pois tinha em pouco apreço o jovem Inimá, que não julgava digno do comando de sua nação, e concebera desde o começo a mais sincera e profunda estima e admiração por Itajiba, e tinha para si que ele seria capaz de elevar a nação ao mais alto grau de poder e prosperidade.

Andiara pois, que observava e protegia os amores dos dois jovens, e que lia claramente em seus corações, adivinhara o verdadeiro motivo de sua demora, e procurando acalmar a inquietação do velho cacique dizia-lhe:

– Nada receies, Oriçanga, sobre a sorte dos dois jovens passeadores. Sem dúvida procurando abrigar-se da tormenta, que os acolheu longe daqui, asilaram-se no seio de alguma gruta, ou no côncavo de algum velho tronco, e aí esperando que a tormenta amainasse, surpreendidos pela noite adormeceram no sono descuidado da inocência, como duas aves errantes, que ao cair das trevas pousam à sombra do primeiro tronco que encontram em seu caminho. Tranquiliza-te; Guaraciaba e Itajiba te amam e te veneram muito para te fugirem traiçoeiramente. Eles se amam e Tupá vela sobre eles.

Enfim um murmúrio surdo começou a levantar-se na extremidade das habitações, e brandões acesos ondearam através da escuridão da noite. Um grupo de guerreiros avança pela frente das tabas ao longo da margem do rio. No meio deles marchavam Guaraciaba e Itajiba opressos de fadiga, mas com rosto tranquilo e sereno. Atrás do séquito um vulto silencioso e isolado seguia com ar sinistro; era Inimá. Pelo caminho o séquito se engrossava cada vez mais e agitava-se soltando grandes clamores. Estes clamores eram em grande parte aclamações de alegria pelo feliz reaparecimento de Guaraciaba; muitos

O ermitão do Muquém

deles porém eram também gritos ameaçadores e imprecações contra aquele que eles julgavam ter desencaminhado e pretendido roubar deslealmente a filha do cacique. Já os ânimos se amotinavam, e muitos guerreiros, ignorando as circunstâncias daquele fatal sucesso, com gestos ameaçadores estavam prestes a se lançarem sobre Itajiba. Felizmente chegaram sem incidente algum à taba do velho cacique. Guaraciaba saltou ao colo de seu pai, que a esperava à porta com os braços estendidos e chorou de alegria apertando-a contra o peito. Oriçanga ordenou que se retirasse a turba que se apinhava tumultuosa à porta de sua cabana, e ficou com Guaraciaba e Itajiba.

– Querida filha – exclama ele –, que mau espírito te desencaminhou por essas selvas, e ia-te desgarrando da sombra da taba paterna?... Ah! quantas angústias, quantos frios sustos não embebeste no coração de teu velho pai, demorando-te assim até as horas mortas da noite entre os perigos da floresta tenebrosa!... Esse estrangeiro, que te acompanha, por que não te guiou ele mais cedo às nossas tabas? Oh! minha Guaraciaba, por Tupá eu te peço, dize-me, não seria ele acaso quem de propósito transviou-te procurando roubar vil e traiçoeiramente a minha filha, único bem que o céu ainda me conserva, a Inimá a esposa que eu lhe tinha prometido, e à tribo o último ramo de um antigo e ilustre tronco de heróis já quase extinto?... Ai dele se tal era seu louco intento! Por enorme e cruel que seja não haverá castigo que seja excessivo para punir tão nefanda traição.

– Tranquiliza-te, meu pai – atalhou Guaraciaba. – Nem eu nem Itajiba cometemos crime algum, nem praticamos ação de que possamos nos envergonhar diante de ti. Eu vou contar-te fielmente a história dos acontecimentos que nos detiveram na floresta até estas horas, e se ainda me acreditas, meu pai, verás que somos inocentes e nos perdoarás.

Então Guaraciaba, com a franqueza e ingenuidade de uma alma pura, referiu-lhe por miúdo o seu descaminho, a tempestade que os assaltou e os obrigou a procurarem refúgio dentro de uma furna; pinta-lhe com calor e vivacidade, como quem se achava ainda sob a impressão dos acontecimentos, as terríveis cenas que ali tiveram lugar, e por fim em tom grave e triste acrescentou estas palavras:

– Agora, pai querido, forçoso é revelar-te um sentimento, que não devo ocultar-te por mais tempo; ah! e quanto me custa fazê-lo, pois sei que vou magoar-te o coração.

– Filha, se para repouso de teu coração é preciso que me faças essa revelação, fala, que estou pronto a ouvir-te, embora isso deva doer-me como uma seta envenenada.

– Perdoa-me, meu pai, se vou de encontro às tuas vistas a meu respeito; mas devo hoje declarar-te com franqueza, eu não devo jamais ser esposa de Inimá.

– Que dizes, filha? Pois queres que eu falte a minhas sagradas promessas?

– Mas, meu pai, se esse que destinais para meu companheiro e que deve substituir-te no comando da tribo, tornar-se por suas ações indigno dessa hora, se procede como um vil e vai deslustrar teu nome e tua geração, desde

59

esse momento estás desligado de tuas promessas. Desde o berço ouço falar que sou destinada a Inimá, mas posto que não lhe tivesse repugnância, contudo nunca ao seu nome palpitou-me o coração, nem suspirou por essa união. Hoje, porém, tudo mudou-se; sua presença me importuna, seu amor me atormenta, e essa união, com que me acenam, tornou-se para mim uma ameaça de morte. Se é a sucessão no governo da tribo que ele ambiciona, dá-lha, meu pai, mas dá--lha sem mim, que de bom grado a ela renuncio, e nem aspiro a outra felicidade senão a que é dada pelo amor.

– Pelo amor! E acaso amas tu alguém, que não seja Inimá?

– Ah! Meu pai! Desde que meus olhos viram Itajiba, meu coração voou para ele.

– Oh! Sim! Meu coração parece-me que já tinha adivinhado esse fatal desvio de tuas afeições... e não te envergonhas de amar um estrangeiro foragido, que o acaso arrojou em nossas praias?

– Não, meu pai; antes me ufano disso e me desvaneço de ser por ele amada, pois que esse estrangeiro é um herói.

– Ah! Guaraciaba, minha querida, raio de luz que me alumias os tenebrosos caminhos da vida, flor mimosa que embalsamas com teus aromas minha taba solitária, em que cruel ansiedade vem colocar-me o teu imprudente amor! Devo eu despedaçar teu coração contrariando tuas afeições, e impondo-te um jugo que detestas? Ah! Não; amo-te muito para poder fazê-lo. Mas posso eu sem quebra de minha lealdade iludir as esperanças por tão longo tempo alimentadas do jovem cacique, e faltar vergonhosamente a meus sagrados compromissos?... nunca; antes a morte do que um tal opróbrio. Minha mente vacila incerta entre esses dois tremendos escolhos. Só a voz inspirada dos pajés que sondam os arcanos do porvir e interpretam a vontade do céu, poderá guiar-me na penosa escuridão do meu espírito. Amanhã, ao primeiro canto das aves na floresta, eu os farei chamar na minha taba, e com seus sábios conselhos eles me inspirarão por certo o modo mais acertado de proceder em tão difícil conjuntura. Entretanto, cara filha, vai repousar das fadigas e tribulações deste mal-agourado dia, enquanto eu velo sobre tua sorte meditando os meios de torná-la feliz.

Inimá de volta às tabas, das quais vivia retirado desde o dia em que trouxera Itajiba moribundo à presença de Oriçanga, foi minuciosamente informado por seus amigos de tudo que nelas ocorrera durante a sua ausência. A pretendida origem e nacionalidade de Itajiba, as singulares aventuras de sua vida, que já andavam de boca em boca, seus oferecimentos e a pretensão que manifestara de ser adotado na tribo, o agasalho e cordial hospitalidade que encontrara na cabana do cacique, a viva simpatia e interesse que inspirara a Guaraciaba, seus passeios e caçadas quotidianas pelas selvas vizinhas, a cega condescendência de Oriçanga e a proteção não disfarçada de Andiara para com os dois amantes, tudo isso foi sabido nessa mesma noite por Inimá entre transportes de indignação e furor.

As coisas tinham tomado uma fatal direção, que ele no fundo de suas selvas estava bem longe de adivinhar.

Naquele mísero estrangeiro, que derrubara a um golpe de seu tacape, e a quem de propósito procurara poupar a vida a fim de tornar mais solene o seu triunfo sacrificando-o no dia de suas bodas, via surgir um temível e poderoso rival a suas ambiciosas esperanças de amor e de poder. Inimá bem o compreendeu, e tratou desde logo de estorvar por todos os meios o progresso da fortuna daquele audaz aventureiro. Entregue à raiva e ao ciúme, que lhe envenenava o coração, perturbava-lhe o espírito, andava de taba atiçando o ódio e a zizânia, concitando os ânimos dos Chavantes já predispostos pelos acontecimentos do dia contra Itajiba, ao qual pintava como um embusteiro, um enviado dos imboabas, que viera astutamente insinuar-se entre eles para entregá-los traiçoeiramente aos seus perseguidores.

Comentando os acontecimentos mostrava-lhes como o ardiloso forasteiro, para chegar a seus fins, com fingida humildade e submissão conseguira captar a benevolência do velho e crédulo cacique, e procurara com suas artes infernais seduzir sua filha para dela fazer um instrumento de suas abomináveis maquinações e planos de traição. Fazia-lhes ver, também, que Oriçanga, a quem o peso dos anos tornara imbecil e caduco, com suas imprudentes complacências, com sua estulta credulidade, deixava o campo inteiramente livre às pérfidas maquinações do astuto forasteiro; que eles Chavantes nada podiam esperar mais de um chefe que a idade tinha tornado idiota a tal ponto, que via sem indignação sua filha entregar-se sem reserva a uma vergonhosa paixão pelo ignóbil forasteiro, que sem injúria e desonra da briosa nação dos Chavantes não podia nem mais um dia permanecer vivo entre eles. Quanto a si, Inimá considerava-se instrumento escolhido por Tupá para destruir os sinistros planos e punir a audácia do estrangeiro; os acontecimentos até ali ocorridos bem o estavam revelando, e ele contava com o valor e dedicação de seus bravos companheiros para ajudá-lo a bem desempenhar sua missão.

Estas falas apaixonadas de Inimá caíram nos ânimos de grande parte daqueles selvagens como a chama lançada em tórridas macegas nos ardentes e ventosos dias de Agosto. Os amigos de Inimá protestavam alto e bom som, que na aurora seguinte haviam de arrancar da taba do cacique o traidor estrangeiro, arrastá-lo por diante das tabas, arrancar-lhe os olhos e a língua, e atirá-lo no fundo do rio com uma pedra atada ao pescoço.

Também Itajiba por sua parte já contava entre os Chavantes não pequeno número de camaradas dedicados, dos quais soube granjear a estima e afeição por seu caráter naturalmente bom e generoso, e a quem por seus atos de valor, por sua força e destreza inexcedíveis, inspirava respeito e admiração. Estes o defenderiam com ardor a todo o trance, e se oporiam resolutamente à execução do plano atroz de seus inimigos.

Os espíritos divididos se irritavam, e a noite, que se passou quase toda sem dormir em roda das fogueiras em calorosas altercações, parecia pressagiar para o dia seguinte graves e temerosos acontecimentos.

POUSO TERCEIRO
OS RIVAIS

I

O conselho dos pajés

Oriçanga, cujo espírito inquieto e atribulado não pudera durante aquela penosa noite gozar um instante do lenitivo do sono, aguardava com impaciência o alvorecer do dia para acabar com a cruel perplexidade que o atormentava a respeito do destino da sua filha. Apenas pois ouviu os primeiros pios das aves pelas florestas, ergue-se e apressa-se em mandar convocar os anciãos da tribo e os venerandos pajés, para que com seus sábios alvitres lhe iluminem o espírito e o guiem em tão difícil e delicada conjuntura.

Estes pajés, que eram sempre homens respeitáveis por sua avançada idade e longa experiência, e venerados entre os selvagens como sacerdotes ou profetas, passavam vida austera e retirada no seio das brenhas em espeluncas solitárias, onde se reputava que tinham comunicação com os espíritos celestes, e eram intérpretes da vontade de Tupá. Eles interpretavam os sonhos, pressagiavam o futuro, decidiam dos bons ou maus agouros, e eram uma espécie de oráculos constantemente consultados, não só em negócios particulares, como também sobre questões de interesse geral dessas hordas, sobre cujo governo exerciam considerável influência. Conhecedores das virtudes das plantas e de outros símplices da natureza, eram eles também que administravam remédios e socorros aos feridos e enfermos, e eram assim também, além de sacerdotes, os únicos médicos dessas tribos.

Os pajés acudiram prontamente ao chamado do cacique, e reunidos na sala a mais profunda e retraída da cabana deliberavam secretamente. Oriçanga informa-os por miúdo de todo o ocorrido, e expõe-lhes sem rebuço a causa de todas as suas hesitações e ansiedades.

O ermitão do Muquém

A maior parte dos pajés se pronunciavam abertamente contra Itajiba e contra o amor de Guaraciaba, que qualificavam de louco e pueril. Diziam que a quebra das promessas solenes feitas a Inimá, descendente de uma antiga e ilustre raça de caciques e oriundo da mesma nação, em favor de um estrangeiro, vindo sabe o céu de onde, lançaria uma nódoa eterna sobre o nome de Oriçanga; que a efetuar-se a união de Guaraciaba com esse estrangeiro, viria este a ser o sucessor de Oriçanga e chefe natural da nação, o que seria mais que ignominioso e aviltante para a nação dos Chavantes; dir-se-ia que entre tantos jovens guerreiros um só não se achava na tribo digno de desposar a filha do cacique e suceder a este no comando a tribo; enfim que seria uma imprudência só própria de loucos confiar o governo e direção de uma nação inteira a um estranho, que poderia bem não ser mais que um astuto e pérfido aventureiro, um inimigo da nação, só para satisfazer a paixão caprichosa e pueril de uma criança.

Outros, menos exaltados contra Itajiba, opinavam que sem inconveniente algum poderia este tomar Guaraciaba por mulher, uma vez que Inimá desistisse de sua união com ela e desobrigasse Oriçanga de suas promessas; que nesse caso, sendo adotado entre os Chavantes, se lhe daria um lugar distinto entre os chefes; que por esse modo não teria Oriçanga de contrariar os naturais afetos de sua filha, nem teria que sofrer em seu coração de pai; mas quanto à sucessão do comando, devia esta ser devolvida a Inimá, considerando-se extinta por morte de Oriçanga a sua descendência.

Falou por último Andiara, o mais venerável e o mais autorizado dos pajés. Defendeu com calor a causa de Guaraciaba, a quem votava paternal afeição, e de Itajiba, cujo valor e nobres qualidades admirava, a quem o prendia uma natural simpatia, e a quem reputava enviado por Tupá para elevar a nação dos Chavantes ao mais alto grau de esplendor e poderio.

– Não vejo motivo – dizia ele – para se votar tanto ódio a esse estrangeiro, e fazer-se-lhe um crime pelo fato tão natural de ser ele amado pela gentil e nobre filha de nosso chefe. Esse estrangeiro, que sem fundamento algum supondes um inimigo astuto e pérfido, pode ser bem ao contrário um herói, que Tupá nos envia para regenerar a nação dos Chavantes, a qual, com bastante mágoa o digo, vejo bem decaída de seus antigos brios, depois que a idade começou a vergar os ombros e a enfraquecer o ânimo de nosso bravo e glorioso chefe.

Que atos tem ele praticado que denunciem essas intenções pérfidas e hostis contra nós? Resistiu desesperadamente aos nossos, quando aqui aportou, porque foi súbita e violentamente atacado. Amou Guaraciaba, porque esta apresentou-se como um manitó celeste à cabeceira do leito onde ele jazia moribundo e crivado de golpes, para abrir-lhe as portas da vida e da esperança; transviou-se com ele nas florestas, porque uma tempestade os surpreendeu. Eis seus crimes; entretanto em todas essas ocasiões ele tem dado sobejas provas de valentia e de ânimo leal e generoso. Podereis dizer outro tanto desse que aclamais o único esposo digno de Guaraciaba e legítimo sucessor de Oriçanga? Não será uma ação infame e desleal a que praticou indo cobrir de insultos e baldões a nobre filha de seu chefe e seu inofensivo companheiro, na caverna em que se tinham abrigado

63

contra a fúria da tempestade, e atentando contra a vida dos mesmos no momento em que Itajiba acabava de salvá-lo das garras de uma fera?... Bem vejo que o nosso velho e ilustre cacique está ligado por promessas sagradas, que não podem ser violadas sem desonra sua; o cumprimento da palavra de um chefe está acima de tudo. Um alvitre porém me ocorre, e dou graças a Tupá que mo inspira, que sanará todas as dificuldades, e decidirá de uma vez para sempre esse pleito entre os dois rivais; e a ocasião é a mais oportuna que se podia deparar. Não longe de nós, para além do rio, existe a nação dos Caiapós, que nos quer mal, nos ameaça constantemente; há bastantes anos, vós bem o sabeis, eles invadiram traiçoeiramente nossas tabas, roubaram nossas virgens e mataram nossos irmãos; entretanto, Oriçanga, este insulto está por vingar-se, porque teus velhos anos não permitem mais guiar-nos aos combates. Por outro lado, para as bandas onde tem suas nascentes este rio sagrado, os imboabas com suas bandeiras devastadoras cada vez mais vão-se avizinhando, nos ameaçam com o extermínio, a escravidão e a morte. Cumpre opor-lhes um dique e fazer-lhes perder para sempre o desejo de penetrar em nossas florestas. Cumpre que nos arranquemos deste ignóbil torpor em que há tanto tempo jazemos, se não quisermos ser esmagados por nossos inimigos, quando menos o esperarmos. Pois bem, ilustre Oriçanga e veneráveis pajés que me escutais, mandemos duas fortes expedições compostas de guerreiros escolhidos contra esses inimigos, que de diversos lados nos ameaçam; uma delas, seja qual for, seja comandada por Inimá; à testa da outra marche Itajiba. Aquele que melhores serviços prestar, que mais bem desempenhar sua árdua e gloriosa missão, seja o preferido.

– Bem falado, Andiara! Bem falado! Clamaram os anciãos arrebatados pelo enérgico discurso do pajé, que entre eles passava como um profeta que lia no futuro e conversava com os espíritos celestes. Alguns, que porventura ainda não aderiam às razões por ele apresentadas, não ousaram erguer a voz, e o alvitre de Andiara, adotado por quase todos, prevaleceu.

Ainda o conselho dos pajés não tinha terminado suas deliberações, e já uma turba alvorotada se apinhava e crescia em torno da cabana de Oriçanga. O amotinamento insuflado por Inimá se tinha propagado com caráter assustador. Os inimigos de Itajiba exigiam em altos e ameaçadores gritos que lhe entregassem o traidor estrangeiro, pois queriam dar-lhe o castigo que mereciam seus embustes e pérfidias. Já mesmo algumas flechas sibilavam por cima do teto, e alguns guerreiros furiosos ameaçavam transpor as soleiras da habitação do chefe. Também não mui longe se achavam reunidos em bandos os amigos de Itajiba, prontos a defendê-lo a todo o risco e a libertá-lo, caso caísse nas mãos de seus adversários. Um grande alvoroço popular, um renhido e sanguinolento conflito estava prestes a fazer explosão. O sangue dos Chavantes ia correr em torno da taba de seu antigo e ilustre chefe, sem que nenhum inimigo estranho viesse acometê-los, mas derramado por suas próprias mãos. Itajiba, que de dentro da taba ouvia os furiosos clamores de seus inimigos, dirigiu-se resolutamente à presença de Oriçanga.

– Velho e ilustre cacique – lhe diz ele – por minha causa vejo que vossos lares são desacatados por vossos guerreiros revoltados; compreendo que não posso existir entre vós sem perturbar o sossego e a união de vossos vassalos; eles pedem minha morte; deixai-me pois ir a eles; deixai-me morrer a seus golpes, já que não sirvo entre vós senão para elemento de discórdia e de insubordinação. Seja-me lícito ao menos, para testemunhar minha lealdade, verter o meu sangue em favor de vossa tranquilidade e da de vosso povo.

Assim falou, e dirigindo-se para a porta precipitadamente, já ia expor-se aos golpes dos revoltos. Mas Oriçanga, Guaraciaba e Andiara colocando-se diante dele embargam-lhe os passos.

– Não irás – diz-lhe vivamente Oriçanga – de modo nenhum o consentirei. Queres que a minha autoridade de chefe vergue e fraqueie diante da insolente audácia de meia dúzia de sediciosos? Ignoras, acaso, que estão divididos em duas facções contrárias, e que a tua presença, longe de pôr termo ao tumulto, sèrás antes o sinal para se travar uma luta encarniçada? Fica-te aqui, Itajiba, e deixa a meu cargo reprimir e castigar essa turba insubordinada.

Ditas estas palavras, Oriçanga dirige-se à porta da cabana, e aí apresenta-se em pé e desarmado aos olhos dossediciosos. À vista do vulto grave e venerável daquele antigo e ilustre chefe, que outrora tantas vezes no campo da peleja os tinha conduzido à vitória, e que tanto lustre e poderio tinha dado à nação com seus feitos valerosos, os revoltosos sentiram-se possuídos de respeito, e suspenderam suas vozerias tumultuosas. Então o cacique erguendo a voz, em breves, mais enérgicas palavras, exprobrou-lhes a ação indigna e feia que praticavam, de que nunca houvera exemplo naquela valente e generosa nação; ponderou-lhes que no seu tempo os Chavantes folgavam de alardear seu valor em defesa dos seus no campo das pelejas combatendo as hordas inimigas; que os de hoje porém só sabem perturbar a concórdia e paz doméstica voltando suas armas uns contra os outros, e mostram-se ferozes e arrogantes diante da taba indefesa de seu chefe, onde só se acham alguns velhos inermes, uma fraca virgem, e um estrangeiro foragido, violando, sem pejo, o que há no mundo de mais sagrado e digno de respeito, a autoridade, a velhice, a inocência e a hospitalidade. Mas que para defender todas aquelas coisas veneráveis e santas, ele ali estava, ele só, velho, enfermo e desarmado; que para penetrar em sua habitação, teriam de calcar aos pés o seu cadáver.

Os selvagens, como as crianças, passam com extrema facilidade de um sentimento a outro, da coragem ao desânimo, da mais violenta e arrogante insubordinação à mais humilde submissão. As severas e enérgicas palavras do cacique retumbaram naquelas almas exaltadas como os trovões da cólera celeste. Confusos e envergonhados de seus excessos, os revoltosos deixaram cair aos pés as suas armas, e curvados com as mãos cruzadas nos peitos pareciam implorar perdão ao exasperado cacique.

Então Oriçanga, aproveitando o ensejo e a boa disposição dos ânimos, anuncia-lhes que, por deliberação do conselho dos pajés, acabara de resolver-se a levar a guerra a dois inimigos audazes que de longo tempo os ameaçam, e põem em perigo a tranquilidade, a liberdade e a vida dos Chavantes; que é tempo de vingar pelas armas antigas injúrias, e conjurar futuras e iminentes calamidades; que em vez de procurarem matar-se uns aos outros no seio de suas habitações será mais nobre que arrisquem a vida e vertam o sangue pela causa da nação a que pertencem. Ele enfermo e acabrunhado sob o peso da idade e dos trabalhos sente profundo pesar por não lhe ser mais possível ir em pessoa guiá-los ao campo dos combates, afrontar os mesmos riscos e fadigas e partilhar as mesmas glórias; mas terão à sua testa dois valentes e ilustres chefes, ainda em todo o viço e rigor da idade, que os conduzirão com segurança ao mais completo e glorioso triunfo.

Adverte-lhes, enfim, que se armem e preparem a fim de que em poucos dias estejam prontos a partir para a guerra.

Esta fala acabou de produzir a mais salutar diversão nos belicosos ânimos dos Chavantes. Vivas e estrondosas aclamações ecoaram por longo tempo pelas ribanceiras do Tocantins; os diversos grupos se dispersaram, e todos se retiraram para suas tabas contentes e pressurosos a tratar cada um de se prover de aviamentos para a campanha que ia começar.

II

As duas expedições

*D*entro em quinze dias estavam concluídos os preparativos para essas duas expedições, que tinham de partir para lados diversos a fim de combaterem dois inimigos de origem e costumes inteiramente diferentes. As margens do grande rio estavam coalhadas de canoas bem providas de armamentos, apetrechos e provisões para uma longa campanha. No dia seguinte as duas expedições, composta cada uma de algumas centenas de guerreiros escolhidos dentre a flor da nação, deviam partir daquelas praias para levar a guerra a países longínquos; a atividade e o movimento reinavam ao longo das margens; a alegria e o entusiasmo reluziam no semblante de todos os guerreiros. Itajiba, à testa de quatrocentos a quinhentos combatentes por ele próprio escolhidos, tinha de partir em canoas e singrar águas acima até onde a natureza do rio o permitisse, e depois abandonando as canoas em lugar seguro penetrar pelas terras do inimigo, procurar os brancos e hostilizá-los sempre em qualquer parte que os encontrasse, devastar e saquear suas fazendas, ir ao encontro das bandeiras que porventura saíssem de

O ermitão do Muquém

Goiás, batê-las e rechaçálas, se possível fosse, até as portas de Vila Boa. Esta ousada e árdua empresa, cujo plano o próprio Itajiba concebera e propusera, devia durar por tempo indeterminado, enquanto achasse inimigos para a combater.

Inimá, tendo às suas ordens outros tantos guerreiros igualmente de sua escolha, devia transpor o rio, penetrar pelas florestas que lhe ficam ao nascente, e levar guerra crua e desapiedada às hordas errantes dos Caiapós, e rechaçá-los para o mais longe que pudesse das vizinhanças do grande rio.

Na aurora seguinte o sol, surgindo por cima das florestas que sombreiam as margens do Tocantins, iluminava uma das mais curiosas e animadas cenas da vida selvática. Uma chusma de ligeiras pirogas entulhadas de guerreiros seminus, de tez bronzeada e aspecto sinistro, ao som estrugidor de rudes cantos de guerra e ao ruído das inúbias e maracás, vogavam lentamente contra a corrente do rio. As águas ao bater compassado de uma multidão de remos marulhavam cintilando como escamas de ouro aos esplêndidos raios do sol matinal, e ao sopro das brisas os vistosos cocares tremulavam sobre a fronte dos guerreiros como filas de coqueiros balançando seus leques sobre o veio trêmulo da torrente. Por outro lado e em direção oposta a falange formidável de Inimá, depois de ter transposto o rio em canoas, desfilava ao longo da margem oposta entoando belicosas pocemas de sangue e vingança, e ia mais abaixo engolfar-se e sumir-se na espessura da floresta como jiboia monstruosa que em sinuosos giros se esgueira a esconder-se pelas moitas do matagal.

Sobre um tope mais elevado da ribanceira Guaraciaba sozinha, encostada a um tronco, tinha os olhos tristemente fitos sobre as pirogas, que lá iam resvalando pela superfície dourada das águas, principalmente sobre aquela em que Itajiba, em pé junto à proa, lançava também olhares repassados de tristeza e de saudade sobre aquelas margens e sobre a virgem da floresta, que ia abandonar por tão longo tempo, oh! E quem sabe se para sempre! Ela as contemplou até de todo se sumirem nas derradeiras voltas do rio, e quando não viu mais do que as águas a correrem monótonas e as selvas a sussurrarem tristemente ao longo das ribanceiras solitárias, seus olhos se arrasaram de pranto; com as mãos e com as negras madeixas abafou soluços e lágrimas que lhe inundavam o seio, caiu desalentada sobre a relva, e chorou, chorou muito e por muito tempo.

Guaraciaba sentia pela primeira vez essa profunda opressão da alma, essa cruel e pungente desolação, que se chama saudade. Pensava nos tristes e silenciosos dias que iam suceder àqueles tão cheios de vida, de alegria e de amor que passara junto de Itajiba; pensava nos azares que este ia afrontar em uma guerra longínqua e perigosa, e cuidava morrer de angústia e desalento.

Andiara, que solícito a observava, correu a ela e procurou levántá-la de seu doloroso abatimento com palavras de consolação e de esperança:

– Não chores, filha de minha alma – dizia-lhe Andiara levantando-a nos braços e arredando-lhe do moreno rosto a nuvem de cabelos negros, que ela ensopava em lágrimas. – O tempo corre veloz, e bem cedo verás essas pirogas, que ainda há

67

pouco além se sumiram, de novo ali surgirem vitoriosas e carregadas de troféus trazendo-te aos braços o teu Itajiba coberto de glória, a solicitar de teu pai o único e formoso galardão a que aspira por seus brilhantes e heroicos feitos. Crê-me, ó formosa e digna filha de Oriçanga, Tupá por vezes permite que a meus olhos se dissipem as trevas carregadas que envolvem os caminhos do futuro, e deixa-me decifrar os destinos dos homens e das coisas nos dias que têm de vir. A vitória marchará sempre ao lado de Itajiba, e os mais brilhantes sucessos coroarão seus valorosos esforços no campo das pelejas. Ele voltará ufano e glorioso, e cheio de heroísmo, de lealdade e de amor, virá depor a teus pés os ricos troféus a cuja conquista correra só para tornar-se digno de teu amor, ó a mais bela e a mais ditosa das virgens da floresta. Ele voltará, e unido para sempre a ti pelos laços do mais leal e puro amor será aclamado chefe pela nação inteira, que o aplaudirá cheia de respeito e de admiração, e em vós e em vossos filhos se perpetuará uma invencível e gloriosa raça de heróis, que por largo tempo presidirá aos destinos da valente e poderosa nação dos Chavantes.

Estas palavras, que Andiara proferia com convicção profética, sempre conseguiram acalmar um pouco as angústias que oprimiam o espírito de Guaraciaba. Andiara a conduziu para a cabana de seu pai, onde este por seu turno procurou consolá-la com carícias e com palavras de amor e de esperança.

Quanto a Inimá, por que razão Guaraciaba não desejaria o próspero sucesso de sua empresa e a sua feliz volta às tabas de seus antepassados? Por que não lançaria ela um olhar de despedida sobre um guerreiro que lá ia afrontar a morte entranhando-se no meio de inimigos ferozes só para se tornar digno dela e do seu amor? Oh! Por certo Guaraciaba tinha alma muito boa e generosa para querer a sua ruína e não desejar o seu próspero regresso; mas profundamente ocupada com Itajiba, sua alma tinha poucos pensamentos para Inimá e sua expedição.

Seria difícil decidir qual das duas empresas, confiadas aos dois jovens chefes, era mais árdua e arriscada. É verdade que Itajiba tinha de combater um inimigo que por sua civilização, recursos e estratégia era muito superior aos selvagens que comandava; mas em compensação tinha ele a dupla vantagem de conhecer os países e o inimigo a que ia levar a guerra; seus costumes, manhas e tática. Inimá, pelo contrário, posto que a certos respeitos sua tarefa fosse menos espinhosa, pois ia debelar um povo da mesma índole e costumes, ou talvez mais rude e inculto que os próprios Chavantes, tinha de embrenhar-se por sertões desconhecidos em busca de um inimigo errante sem saber ao certo onde encontrá-lo.

Itajiba tangeu suas canoas pelo Tocantins acima, enquanto o curso do rio se mostrou favorável a essa navegação; mas quando as cachoeiras e corredeiras, pedras e baixios que obstruem o curso superior do rio, começaram a tornar penível e morosa a sua marcha, pôs pé em terra com toda a sua gente na margem esquerda, amarrou fortemente as canoas no recôncavo de uma lagoa formada pelo

O ermitão do Muquém

transbordamento das águas do rio e escondida entre espessas florestas, e por trilhos desviados, que lhe eram conhecidos, marchou ao sul em direção a Vila Boa. Em seu caminho teve diversos encontros com algumas hordas de Coroados e de outros povos selvagens, bateu algumas que tentaram hostilizá-lo, e entre outras porém, que o receberam como amigo, angariou aliados, que reforçaram a sua falange com mais de cem combatentes. Assaltando e saqueando as fazendas e estabelecimentos dos brancos que encontrava em seu caminho, prosseguiu em sua marcha vitoriosa levando por toda a parte onde passava o terror e a devastação.

Bem depressa chegou a Vila Boa a notícia das correrias e devastações dos índios Chavantes pelas terras do Alto Tocantins, e imediatamente tratou-se ali de organizar uma formidável bandeira, que sem mais demora partiu a opor um dique aos progressos daquela temerosa horda, que se precipitava como uma torrente impetuosa sobre as regiões do norte, talando os campos e exercendo incalculáveis estragos e horríveis matanças. Itajiba bem compreendeu que os seus selvagens guerreiros, por intrépidos e valentes que fossem, não poderiam sustentar por muito tempo a pé firme um combate contra as forças dos homens civilizados, e que com suas flechas e tacapes não lhes seria possível fazer face às descargas dos arcabuzes inimigos sem sofrerem grandes estragos e reveses. Assim pois evitou sempre empenhar-se em um combate formal com o inimigo, mas por meio de bem dirigidas guerrilhas, de escaramuças passageiras, de contínuas emboscadas e surpresas foi caindo sobre eles e causando incessantemente em suas fileiras perdas consideráveis. Ora ao atravessarem uma selva, uma chuva de flechas descia como por encanto sobre as cabeças dos soldados goianos, que atônitos ouviam somente os alaridos selváticos dos inimigos, sem que lhes pudessem ver o rosto; quando de carabina armada olhavam para todos os lados em procura dos selvagens, já estes tinham-se escoado subtil e silenciosamente pelas brenhas deixando o chão juncado de cadáveres inimigos. Ora pelo silêncio e escuridão da noite setas inflamadas, sem saber-se donde partiam, baixavam como meteoros ardentes sobre os abarracamentos dos Goianos; a desordem, a confusão, o susto reinavam no acampamento, e súbito uma chusma de guerreiros selvagens entrava por ele de roldão, espalhava o terror, o estrago e a morte, e sem dar aos adversários tempo de reagir, desaparecia de pronto a favor das trevas como uma coorte de duendes por entre a escuridão da noite. Outras vezes com mais audácia ainda na volta de um caminho uma nuvem de selvagens dava de surpresa sobre os Goianos, passava de voata pelas suas fileiras disparando um chuveiro de flechas, e velozes na carreira a competir com o veado ou com a ema desapareciam de novo na amplidão dos desertos. Os Goianos, fatigados por um fim de perseguir um inimigo que se furtava a seus golpes como fantasmas, e que como o vento parecia fugir-lhes das mãos, vendo suas fileiras de dia em dia diminuírem-se consideravelmente destroçadas por flechas disparadas por mãos quase invisíveis, assentaram que seria uma louca temeridade avançarem mais pelos sertões, e regressaram a marchas precipitadas diante das hordas de Itajiba, que prosseguiu desassombrado em sua marcha de devastações e pilhagens.

Bem pesava ao coração de Itajiba mover tão crua e devastadora guerra a seus compatriotas, sem que se desse motivo algum que aos olhos de sua consciência o justificasse de tais excessos e atrocidades.

Mas a torrente da fatalidade o arrebatava e não lhe era mais possível recuar. As solenes promessas feitas ao chefe dos Chavantes, seu ardente amor pela filha do cacique, e talvez também projetos de dominação, que já começavam a despontar-lhe no espírito, e para os quais os acontecimentos pareciam rapidamente impeli-lo, eram motivos poderosos que o faziam prosseguir sem hesitar na carreira encetada.

Todavia em suas correrias Itajiba procurava sempre poupar o mais que fosse possível o sangue de seus inimigos, e coibia quanto podia o feroz canibalismo de suas tropas avezadas ao roubo, ao incêndio e à carnagem. Sem encontrar mais estorvo algum em sua marcha Itajiba, precedido pelo terror e a consternação, foi avançando até as imediações de Vila Boa. De uma eminência ele descortinou ao longe os serros áridos e escalvados que rodeiam o berço de seu nascimento; o coração se lhe apertou de angústia ao contemplar aqueles sítios, onde tão risonha e prazenteira se deslizara a aurora de sua vida, e que ele agora vinha ameaçar e cercar de terror e consternação; sentiu sua alma esmagada sob o peso de uma cruel e sombria tristeza ao lembrar-se que estava para sempre exilado do país de sua infância, que ele tinha tingido no sangue inocente de um infeliz amigo; parecia-lhe que a sombra de Reinaldo, surgindo por sobre os horizontes longínquos, exprobrava-lhe seu horroroso crime, e o expelia daqueles lugares com dolorosos gritos e maldições, e o remorso lhe ralava o coração.

Itajiba refletiu longa e profundamente. Tinha às suas ordens uma multidão de combatentes ainda engrossada pelo grande número de prisioneiros que arrancara aos vencidos, e estes munidos já de armas de fogo tomadas aos Goianos, em cujo uso e manejo ia adestrando os selvagens. Podia pois tentar com bastante probabilidade de sucesso um assalto sobre Vila Boa. Mas o horror instintivo que o desviava daqueles lugares paralisou a sua marcha.

Também por outro lado via que a empresa não deixava de ser arriscada, e sendo mal sucedida nulificaria todos os sucessos até ali obtidos. Itajiba julgou que já tinha feito bastante para glória sua e para proveito e lustre da nação a que tinha ligado o seu destino, e resolveu portanto o regresso da expedição que comandava. Além de todos estes motivos, outro talvez mais forte atuava em seu espírito, e acelerou a sua volta. No meio de tantos perigos e fadigas, Itajiba nunca esquecera a sua querida Guaraciaba, e seu amor não deixava de inspirar-lhe cuidados e receios; Inimá, cuja expedição provavelmente estaria mais cedo terminada, poderia já ter voltado triunfante e orgulhoso, e Itajiba sentia estremecer-lhe o coração pensando no que poderia ter acontecido em sua ausência no arraial dos Chavantes.

III

O regresso

Já seis longas luas tinham-se volvido depois que os dois corpos de guerreiros chavantes comandados por Itajiba e Inimá haviam partido a levar a guerra a países remotos, e nenhuma notícia ainda havia deles; já era tempo entretanto para estarem de volta.

Oriçanga, Guaraciaba, Andiara e toda a tribo esperavam todos os dias com impaciência ou novas ou o regresso dos expedicionários, qualquer que fosse o resultado das duas empresas.

Guaraciaba passava quase todo o dia assentada sobre o tope da ribanceira, donde tinha visto desaparecerem a seus olhos as canoas de Itajiba, e ali entretendo as longas e enfadonhas horas da ausência em alguns dos seus trabalhos favoritos volvia continuamente os olhos pelo esteiro do rio a ver se na última volta alguma canoa trazia o seu amado, ou pelo menos novas dele. Outras vezes tomando uma leve canoinha, que ela mesma remava, sulcava as águas acima com alguma de suas companheiras, e lá ia até onde sem perigo podia avançar, a ver se encontrava com a flotilha de Itajiba, e voltava triste e resignada para esperar ainda.

Um dia enfim, estando na barranca no sítio do costume, ouviu ao longe e para a parte superior do rio um estranho e grande estrondo. A princípio pensou que seriam trovões; mas o céu estava sereno, e a atmosfera tranquila nenhum indício dava de tempestade. O estrondo se repetiu uma e mais vezes avizinhando-se cada vez mais. Não podendo atinar com a causa daquele ruído, Guaraciaba sentiu seu coração alvorotar-se entre o pavor e a esperança, entre o receio e o prazer; mas esse estado ansioso de incerteza durou poucos momentos.

As canoas de Itajiba despontavam enfim como um bando de aves aquáticas velozmente vogando à mercê da torrente. Itajiba tinha armado grande número de seus soldados com arcabuzes tomados aos vencidos, e os adestrava no uso e manejo dessas armas; ao aproximar-se das tabas mandou de propósito fazer repetidas descargas a fim de surpreender e assombrar os selvagens com aquele espetáculo inteiramente novo e estranho para eles, e assim vieram descendo as canoas ao som de salvas atroadoras, que reboavam de eco em eco pelas curvas ribanceiras com grande pasmo dos Chavantes, que apinhados pelas praias respondiam com selváticos alaridos ao ribombo dos arcabuzes.

Toda a tribo, homens e mulheres, velhos e crianças, correu alvorotada para a beira do rio; a volta vitoriosa de Itajiba com aquele aparato para eles prodigioso de detonações de armas que imitavam o trovão e vomitavam fumo e fogo, os encheu de assombro e da mais alta admiração pelo jovem chefe, que começavam a considerar como um homem superior ao resto da humanidade, como um enviado de Tupá, como bem dissera o inspirado Andiara.

O entusiasmo, respeito e admiração que excitava Itajiba, ainda mais se aumentou com a distribuição dos imensos e ricos despojos que tomara ao inimigo, e de que trazia atulhadas as canoas. Distribuiu entre os homens grande quantidade de armas de todas as qualidades, facas e punhais com ricas guarnições de prata, lanças, espadas e armas de fogo, das quais lhes ensinava o uso e o modo de servir-se delas, e mil outros objetos. Às mulheres brindava com joias, enfeites e fazendas de toda a espécie, que elas não se fartavam de admirar com vivas mostras de alegria e satisfação.

Também para Oriçanga reservou Itajiba preciosos e magníficos presentes, que deslumbraram as vistas do velho cacique, se bem que nem de leve lhe fascinassem a alma afeiçoada à simplicidade e rudeza da vida selvática. Entre outros objetos ofereceu-lhe, preso a uma cadeia de fino e puro ouro, um lindo relógio, do qual explicou-lhe a natureza e utilidade.

– Ah! – murmurou o velho em tom merencório. – Agradeço-te o mimo precioso que me ofertas, e que dá uma alta ideia do artificioso engenho desses que foram teus senhores; mas porventura o sol e a lua não me têm bastado até hoje para marcar no céu o tempo que vai passando? O pouco que me resta viver, que me importa medi-lo?... Tupá lá do alto do céu conta os meus dias, e quando lhe aprouver ele os cortará... Mas já te compreendo, Itajiba; tu julgas, e com razão, que o tempo que ainda me resta passar sobre a terra já não pode ser contado por sóis nem por luas, mas somente por essas pequeninas porções que estão marcadas neste instrumento.

– Não, respeitável cacique – volve-lhe Itajiba – tal pensamento não me podia passar pelo espírito; inúmeros sóis podem ainda surgir sobre teus dias, e preserve-nos o céu de ver tão cedo tombar o cedro altaneiro a cuja sombra se tem abrigado e engrandecido a valerosa nação dos Chavantes. Mas eis aqui um bálsamo divino, que te regenerará o sangue, e te restaurará as forças alquebradas pelo tempo. Prova dele, Oriçanga, e sentirás renascer-te o vigor e girar-te nas veias um sangue cheio de vida e calor como nos mais belos dias de tua mocidade. Dizendo isto Itajiba apresenta ao cacique um copo de cristal cheio de um purpúreo e generoso vinho.

– É sem dúvida delicioso – exclamou Oriçanga depois de ter tomado alguns sorvos –, tal deve ser a bebida que se serve aos heróis no mundo dos espíritos nos festins e folguedos do Ibaque! Não é um licor que me deste a beber, Itajiba, é sangue novo e juvenil que me entornaste nas veias, e que me restitui o alento e vigor dos verdes anos.

O ermitão do Muquém

E o velho cacique, com a imaginação aquecida pelos balsâmicos vapores daquele suave licor, entrevendo no futuro mil venturas e glórias para Itajiba e para sua querida Guaraciaba, sentiu um suave languor apoderar-se de seu corpo, e adormeceu entre sonhos dourados sobre a sua enorme pele de onça.

O guerreiro vitorioso, feliz amante de Guaraciaba, pendurou com suas mãos ao colo dela um lindo colar de ouro com uma cruz crivada de diamantes, obra primorosamente trabalhada pelos afamados ourives de Vila Boa. Itajiba, que a despeito dos desvarios e excessos de sua vida desordenada conservava sempre singular aferro e veneração pela religião de seus pais, queria desde logo ir familiarizando com os objetos sagrados de seu culto o espírito daquela a quem tanto amava, e a quem esperava em breve chamar ao grêmio do cristianismo. Guaraciaba não conhecia o símbolo santo de nossa religião, mas vendo que Itajiba ao entregar-lhe o tinha beijado respeitosamente, imitou-o com cândida ingenuidade.

Deslumbrados com os brilhantes sucessos da expedição de Itajiba, e embriagados com o esplendor dos festins que os celebravam, os Chavantes quase que se esqueciam de Inimá e de seus bravos companheiros, dos quais nem a mais leve notícia havia ainda chegado às tabas. A estrela do jovem e infeliz cacique empalidecia visivelmente diante do astro deslumbrante de seu afortunado rival. O mundo, quer entre os selvagens, quer nas sociedades civilizadas, é sempre assim. O feliz e poderoso é sempre querido, festejado e aplaudido; mas aquele a quem a fortuna abandona, esse deve dar-se por contente quando lhe testemunham um pouco de estéril e fria compaixão.

Os triunfos de Itajiba foram celebrados com grandes e extraordinários festejos, que duraram por três dias. As ribas do Tocantins troaram longamente ao som de músicas selváticas, de ruidosas aclamações, de danças guerreiras e de mil variadas folganças. Três sóis volveram-se rápida e alegremente em contínuos banquetes e regozijos.

No último dia um estrado ou palanque todo enramado de palmas de coqueiro, e enfeitado de flores silvestres, tinha sido erigido bem junto à margem a espelhar-se nas águas do rio; nos quatro ângulos tremulavam-lhe vistosos penachos de longas e ondulantes penas de ema tingidas de variadas e brilhantes cores. A um e outro lado desse estrado estavam estendidas duas filas de guerreiros, revestidos de suas mais luzidas armas e garridos aviamentos, com suas lanças e tacapes emplumados.

O sol já estava prestes a esconder-se atrás das serras do ocidente, quando Itajiba, acompanhado de grande número de pajés e dos principais da tribo, passou pela frente dos guerreiros entre ruidosos e entusiásticos clamores, e dirigiu-se ao estrado subiu a ele deixando embaixo as pessoas de sua comitiva. Então os guerreiros executaram sobre as alvas areias da praia danças selváticas imitando combates e cenas de guerra alusivas aos feitos gloriosos de Itajiba na campanha que tão brilhantemente vinha de terminar.

Por fim Andiara, o mais antigo e venerável dos pajés, tomando um rico vaso de concha de tartaruga orlado de ouro, encheu da água do rio, e depois de espargir algumas gotas aos quatro ventos cardeais murmurando palavras sagradas, entregou o vaso a Itajiba, que bebeu o resto da água nele contida. Era esta a cerimônia usada para a adoção de um estrangeiro na tribo dos Chavantes. Desde aquele momento Itajiba deixava de ser um estrangeiro para aqueles selvagens; era um irmão de mais, que para sempre associava-se ao destino dessa nação, quer na fortuna, quer na desgraça. Finda a cerimônia, Oriçanga subiu por um dos lados do estrado e Guaraciaba por outro à presença de Itajiba; aquele entregou-lhe nas mãos um rico tacape, guarnecido de primorosos ornatos, emblema do valor; ao mesmo tempo que esta, resplandecente de amor e de beleza, lhe colocara na fronte uma coroa entretecida por suas próprias mãos de palmas e flores silvestres, símbolo da vitória.

Uma grita imensa ecoando pelas ribanceiras reboou largo tempo pelas selvas acordando as feras em seus antros e os sucuris nos abismos das águas, aclamou aquela brilhante solenidade. A noite descendo sobre aquela grandiosa cena veio ainda realçá-la dando-lhe um aspecto quase fantástico de selvática majestade. Ao descer das trevas as filas dos guerreiros postadas ao longo da praia empunharam brandões acesos, cujos clarões refletindo-se no veio trêmulo das águas repetiam a cena de um modo deslumbrante, e desenhavam os selvagens como falanges de espectros negros a brandir espadas de fogo. Enfim por entre um imenso e ruidoso préstito, ao som de estrondosas aclamações, que incessantemente o vitoriavam, Itajiba, acompanhado pelo velho cacique e sua filha, recolheu-se à taba hospitaleira de Oriçanga.

IV

A volta de Inímá

*A*o tempo que este espetáculo solene e grandioso se dava diante das tabas dos Chavantes ao vivo clarão dos archotes, e ao som atroador de mil aclamações, a um quarto de légua pelo rio abaixo uma canoa tripulada por cinco guerreiros vinha silenciosa e furtivamente singrando rio acima rente com a barranca do mesmo lado das tabas. Pela maneira acautelada e misteriosa com que vinha se aproximando vagarosamente, procurando encostar-se o mais

O ermitão do Muquém

possível à ribanceira e ocultando-se entre os ramos que se debruçavam sobre a torrente, dir-se-ia que eram espiões inimigos, que a favor das trevas da noite procuravam penetrar no campo dos Chavantes. Era Inimá que voltava com os únicos restos de sua malfadada expedição!

Inimá, chefe novel e inexperiente, posto que cheio de bravura, tinha no começo da campanha desempenhado a sua missão como herói praticando prodígios de audácia e de valor; mas sua temeridade e inexperiência por fim o perderam. Correndo ao encalce dos Caiapós, ele encontrou suas hordas, caiu sobre elas como o raio, desbaratou-as em diversos recontros, levou-as de vencida diante de si, e dispersou-as fazendo grande número de prisioneiros, que imolava mesmo no campo do combate, saqueando e queimando suas arranchações, e massacrando mulheres, velhos e crianças.

Nessas terríveis pelejas, que nada tinham de semelhante aos combates regulares dados entre tropas disciplinadas, e que eram antes lutas disputadas corpo a corpo, ou uma multidão de duelos travados a um tempo entre uma chusma de combatentes, Inimá distinguiu-se sempre pelas mais brilhantes proezas e feitos de heroísmo, e derribou por suas próprias mãos bom número de valentes e terríveis lidadores.

Entre estes figurava o famoso e feroz cacique Jaguaruçu, prodígio de corpulência, robustez e valentia. Sua figura colossal surgia no meio dos mais combatentes como o corpulento jequitibá por cima da coma ondulante das florestas, ou como à margem de um lago o jaburu se eleva entre as outras aves. Seu rosto medonho guarnecido de grossos botoques que lhe dilatavam horrivelmente o lábio inferior e as orelhas, todo o seu corpo listrado de negro e vermelho com as tintas do jenipá e do urucu, davam-lhe uma aparência ainda mais hedionda que a do tigre ou da pantera, e o assemelhavam a um desses dragões ou quimeras que só existem na imaginação dos poetas, ou sobre a tela dos pintores. Seu enorme tacape todo eriçado de dentes, e que sem grande esforço qualquer homem não poderia sopesar, quando caía sobre os inimigos, era como a peroba, que desabou aos golpes do machado levando de rojo e esmagando tudo quanto encontra. Seu arco o mais vigoroso guerreiro a custo poderia encurvá-lo, e a flecha dele despedida era como o raio, escarchava troncos, e mandava longe a destruição e a morte.

Jaguaruçu comandava em pessoa os seus guerreiros, e ele só valia uma legião. Seu formidável tacape abria claros imensos nas fileiras dos Chavantes, e os derribava a eito como a foice do Africano a ceifar o rasteiro mato das capoeiras. Inimá, que combatia na outra ala e que fazia no inimigo iguais estragos dizimando-lhe as fileiras e levando tudo de vencida com a sua impetuosa bravura, viu aquele vulto formidável, que como um baluarte por si só fazia face ao intrépido arrojo de seus soldados; uma multidão de guerreiros o assaltavam, e os golpes de tacape choviam amiudados sobre sua fronte como a saraiva a rugir sobre os enormes galhos do cedro secular. Mas o membrudo atleta pondo em giro em torno de sua cabeça a enorme e truculenta clava fazia saltar pelos ares em estilhaços os tacapes inimigos, truncava braços e pernas, fendia crânios, e abria em torno de si um largo espaço, que deixava juncado de cadáveres.

Na derribada das selvas depois de devastado todo o mato em redor, uma multidão de machados brandidos por braços vigorosos se reúnem em torno do altaneiro jequitibá, rei das florestas, e a repetidos golpes acometem-lhe o rijo tronco, que com a fronte imóvel e sobranceira por largo tempo zomba dos esforços de seus agressores. Tal estava Jaguaruçu rodeado e assaltado por uma multidão de Chavantes.

Ao contemplar de longe aquele temeroso espetáculo, Inimá rugiu de cólera e impaciência, e deixando aos seus o cuidado de acabar com o inimigo já por aquele lado quase destroçado, voou direito ao lugar em que Jaguaruçu fazia ampla ceifa em seus guerreiros; com um grito e um gesto fez estes recuarem para longe; o combate suspendeu-se por um momento, e Inimá sozinho arrojou-se à frente do tremendo caudilho bradando-lhe:

– A mim, Jaguaruçu! Há muito que cobiço esse teu crânio de tapir para nele dar de beber aos meus guerreiros no festim de minhas bodas! Ele pode conter cauim para mais de vinte, e não quero que pertença a mais ninguém.

– Ah! Pobre veado, que saíste do teu ninho para vir meter-te entre as garras do canguçu, ficarás por tal sorte esmagado, que nada se poderá fazer desses teus franzinos ossos.

Assim disse Jaguaruçu, e firmando um pulo descarregou seu pesado tacape sobre Inimá, certo de que o esmagaria; mas este, esbelto e flexível como a corça, furtou-se ligeiro ao golpe, e sem nunca atacar o seu pujante adversário, desviando-se destramente de seus furiosos botes, assentou de fatigá-lo e esgotar-lhe as forças para depois cair com segurança sobre ele. Em vão Jaguaruçu dava saltos de onça e vibrava aqui e acolá vigorosos botes; Inimá, veloz como o sagui, parecia sumir-se debaixo de seus pés, e surdindo ora aqui ora ali com rápidos movimentos como que se multiplicava em torno do membrudo colosso. Furioso o truculento caudilho com os inúteis esforços que fazia contra um inimigo que a princípio tão desprezível lhe parecera, e fatigado de vibrar em vão tantos e tão vigorosos golpes, arquejava espumante e banhado em suor, e já mais pesado em seus movimentos sentia desfalecer-lhe o pulso.

Inimá não esperou por mais tempo; no momento em que Jaguaruçu, sopesando com ambas as mãos o seu terrível tacape, desfechava sobre o seu adversário um golpe desesperado, com que contava esmagá-lo, Inimá recua de um pulo, com outro pulo avança, e como quem escala uma muralha salta sobre o tacape abatido do inimigo, e crava-lhe o gume de sua machadinha de pedra no meio do crânio, e o fende em dois. O formidável caudilho tomba soltando um bramido de dor e desespero, como o cedro altaneiro que, arrancado pelo furacão, desaba rugindo pelos grotões dos montes. Um imenso alarido de alegria partiu das fileiras dos Chavantes, aplaudindo aquela façanha suficiente por si só para encher de glória o nome de um guerreiro. Os Caiapós espavoridos, vendo morto o chefe que reputavam invencível, puseram-se em fuga precipitada.

Animado por esses primeiros e brilhantes sucessos, Inimá jamais recuou nem fez alto em parte alguma; em sua imprevidente sofreguidão foi avançando pelo território ocupado pelos inimigos, e entranhando-se imprudentemente por países cada vez mais remotos e desconhecidos, onde, rodeado de hordas inimigas e sem poder contar com auxílio algum, impossível lhe seria manter-se por muito tempo vitorioso. Entretanto sua falange diminuía-se consideravelmente todos os dias, quer por combates, quer por enfermidades e outros contratempos, ao passo que o inimigo lhe surgia por todos os lados cada vez mais audaz e numeroso.

Se tivesse sabido parar a propósito e regressar, como fizera Itajiba, sua empresa teria sido coroada do mais glorioso sucesso, e bem embaraçados se veriam os anciãos da tribo no momento de decidir a qual dos dois heróis devia ser deferido o galardão da superioridade. Batido enfim, depois de heroicos esforços, por forças dez vezes superiores, Inimá viu-se obrigado a retirar-se precipitadamente com os destroços de sua gente, e sempre vivamente perseguido pelo inimigo pôde enfim ganhar as margens do grande rio, onde salvou-se em uma canoa que encontrou desgarrada, unicamente com os quatro companheiros com que o vimos aportar misteriosamente junto às tabas. Apesar de tão desastroso revés Inimá não desesperava ainda do seu futuro.

– Quem sabe – pensava ele – se Itajiba não teria tido a mesma ou pior sorte que a minha? E no caso mesmo que vencedor ou vencido ele ainda não tenha voltado às tabas, pedirei novas forças, e já conhecedor das manhas do inimigo e do terreno em que habitam, tomarei sobre ele tão cabal desforra, que farei esquecer para sempre este primeiro revés.

Assim pensava Inimá e assim o teria executado; mas o dado já estava lançado, e ele tinha irrevogavelmente perdido a parada. Ao aproximar-se das tabas dos seus, o clarão dos fogos no horizonte, os gritos e festivais aclamações que ouvia ao longe, vieram anunciar-lhe que toda a esperança estava perdida para ele.

Quanto mais se aproximava, mais se convencia da realidade de seu infortúnio; enfim o esplêndido espetáculo da ovação de Itajiba, que Inimá furtivamente presenciou de sua canoa escondida entre as moitas da ribanceira, foi como uma punhalada, que o fez soltar um rugido de raiva e desesperação. Por um momento esteve a lançar-se ao rio e beber a morte em suas águas, ou a arrojar o peito contra uma flecha; mas lembrou-lhe a vingança, único prazer que lhe restava, última consideração que ainda o prendia à vida, e susteve-se.

– Já que Tupá – exclama ele enfurecido – obstinadamente me persegue, e me acabrunha ao peso de amarguras e infortúnios, sem que eu nada tenha feito para merecê-los, eu te invoco, ó Anhangá, e de hoje em diante ponho em tuas mãos o meu destino, ó manitó do mal! Inspira-me e guia meus passos pelas veredas

Bernardo Guimarães

tortuosas e sangrentas da vingança. Guerreiro – continua dirigindo-se a um dos companheiros – desembarca e vai ver o que se passa e o que se diz nas tabas de nossos pais, e volta imediatamente a dar-me fiel conta de tudo que vires e ouvires.

O guerreiro obedeceu prontamente, saltou em terra, subiu ao longo da margem até ao arraial dos Chavantes, envolveu-se nas turbas, entrou nas tabas, dançou com os outros em torno das fogueiras, sem que ninguém no meio daquele bulício e alvoroto festival se apercebesse que era um companheiro que voltava de países remotos, e aparecia entre eles depois de uma longa ausência. Depois de demorar-se o tempo que julgou necessário para informar-se e ficar ciente de tudo, voltou à canoa e disse a Inimá que não vira por toda a parte senão festas e regozijos, não ouvira senão aplausos e elogios a Itajiba; que todos a uma voz diziam que jamais Inimá poderia igualar os feitos gloriosos de Itajiba, e que embora voltasse aquele vitorioso, dentro em oito dias este seria aclamado sucessor do ilustre Oriçanga e seria o feliz esposo da meiga e gentil Guaraciaba.

– Nunca o será – bradou enfurecido o jovem cacique batendo vigorosamente com o pesado tacape no fundo da canoa, que reboou dando um lúgubre gemido como o ronco de uma sucuri das profundezas das águas. –Nunca o será, enquanto estas mãos empunharem este arco e este tacape. Nunca o será; por Anhangá o juro!

O infeliz Inimá, posto que ilustrasse seu nome por gloriosas façanhas e atos de heroísmo, não quis apresentar-se entre os seus coberto com a ignomínia de uma completa derrota, e era por demais orgulhoso para curvar-se ante a fortuna brilhante de seu feliz rival, cuja vista não poderia suportar. Na mesma canoa ele e seus quatro companheiros se retiraram silenciosamente pelo rio abaixo sempre procurando ocultar-se por entre as ramas da ribanceira até se sumirem nas sinuosidades do rio. Retirou-se para o seio das florestas a ocultar seu afrontoso destino e seu profundo desespero, e a meditar projetos de vingança contra Itajiba, o pérfido estrangeiro que com seus artifícios e embustes desmoronou todo o seu futuro, e o precipitou naquele abismo de opróbrio e de amargura; contra a fementida Guaraciaba, que sem pudor despedaçou laços sagrados urdidos desde a infância; contra Oriçanga, que deslealmente quebrou as mais solenes promessas; contra a tribo inteira enfim, que o pospunha a um estrangeiro desconhecido, só porque um pouco de fortuna o bafejava.

Retirado nas brenhas mais profundas Inimá revolvia na mente mil planos de vingança, cada qual mais feroz e sanguinário, até que enfim fixou-se em um, que lhe pareceu o mais atroz e o mais seguro ao mesmo tempo.

– Anhangá por fim me inspira – exclamou lançando para trás os longos cabelos, como o leão que sacode a juba antes de arrojar-se à presa. – Morrerei nas garras da aflição e do desespero; mas eles... eles também não gozarão de sua felicidade.

E um sorriso de satânica alegria lhe dilatou os lábios trêmulos de desespero e iluminou-lhe o rosto como o lampejo de uma lâmpada sepulcral. Antes que chegasse o dia da execução de seus ferozes desígnios, mandava todas as noites um de seus companheiros indagar furtivamente tudo o que se passava nas tabas, e urdia nas trevas a horrível cilada em que pretendia colher as vítimas de seu ódio.

V

Festas triunfais

*E*nquanto Inimá no fundo das brenhas com o coração a transbordar de ódio só meditava a ruína de seu rival, este nas tabas era o primeiro que se lembrava de Inimá e seus companheiros, e propunha que se expedissem imediatamente alguns guerreiros a saber notícias suas, e que se lhe enviassem prontos socorros, pois que sua demora já era para inspirar sérios receios.

– Tens razão – diz Oriçanga –, mas o que queres? Os teus triunfos por tal sorte nos têm absorvido a atenção, que íamos deixando em esquecimento Inimá e os seus guerreiros; entretanto já é tempo de pensarmos nisso, e cumpre quanto antes saber o que é feito deles.

Na aurora seguinte, ao primeiro albor do dia, cem guerreiros escolhidos deviam partir a marchas aceleradas em demanda de Inimá a reforçar a sua falange. Mas ao cair da noite chegou ao arraial dos Chavantes e foi levado à presença de Oriçanga um dos guerreiros daquela expedição, portador das mais infaustas notícias; narrou por miúdo os brilhantes sucessos com que fora aberta aquela campanha, e o desastroso desfecho que teve; todos os guerreiros da expedição de Inimá – dizia ele – tinham sido mortos nos combates, ou feitos prisioneiros, ou se tinham transviado e perdido pelos desertos, e não sabia que tivesse escapado mais alguém que não fosse ele, a quem o destino poupara para encarregá-lo da triste missão de trazer aquela desastrosa notícia.

– Opróbrio inaudito! – exclamou o velho cacique cheio de dolorosa indignação. – Vergonha única na vida desta valente e invicta nação! Mas em breve saberão estes cobardes, que se venceram Inimá e seus guerreiros, ainda não venceram a nação dos Chavantes. Itajiba, continua voltando-se para este, como estás ouvindo, o céu acaba de quebrar o último tropeço que existia para o complemento de tua felicidade; mas ah! Desgraçadamente esse fatal acontecimento, que vem aplainar-te os caminhos do futuro, é um desastre e um opróbrio para nós todos!

– Bem o lastimo, venerável cacique – responde-lhe Itajiba – e não serei eu que me regozije com os reveses da nação que escolhi, e a que jurei fidelidade; o mau sucesso da empresa de Inimá, como para provar ainda uma vez que não há no mundo prazeres perfeitos, vem amargurar a taça de minha felicidade. Mas, Oriçanga, eu aqui estou vivo ainda e pronto a sacrificar-me para lavar essa afronta da nação, e não me julgarei digno da posse da formosa Guaraciaba enquanto não tiver vingado o desastre de Inimá, e infligido a esses bárbaros vizinhos o castigo que merecem.

– Não – replica-lhe Oriçanga – não posso por esta vez condescender com os generosos impulsos de teu nobre coração. Antes de partires, três sóis serão consagrados às festas de tua união com a formosa Guaraciaba; já tens feito de sobejo para merecê-la; e nem mais precioso galardão podia eu ofertar-te em prêmio de teus gloriosos serviços e façanhas de guerra; e com ela força é que eu te abandone também desde já o peso do governo e comando da nação, excessivo para meus ombros enfraquecidos pela idade. Terás ainda oito sóis para descansares das tuas gloriosas fadigas à sombra da taba nos braços da tua gentil Guaraciaba. Passados eles escolherás os melhores de nossos guerreiros no número que julgares suficiente, e partirás a vingar a afronta dos nossos. O sangue de tantos e tão esforçados guerreiros, que Inimá imprudentemente sacrificou, pede pronta e cabal vingança.

– Eu saberei tomá-la – respondeu Itajiba.

Já não era só o amor de Guaraciaba o alvo único das aspirações de Itajiba, nem tão pouco as solenes promessas pelas quais se ligara à nação dos Chavantes, o único motivo que o dirigia em suas ações. Considerações de outra ordem também contribuíam para retê-lo entre os selvagens, e o faziam procurar firmar cada vez mais a sua influência e prestígio entre eles. Na alma ardente e aventurosa do bandido de Goiás despontavam já vistas ambiciosas e cálculos de elevação pessoal. Acoroçoado pelo brilhante sucesso de suas empresas, o feliz amante, o vitorioso cabo de guerra afagava já em seu espírito projetos de dominação e de poder, e delineava nos campos do futuro com largos e atrevidos traços os vastos planos de seu engrandecimento. Uma vez dominador da nação dos Chavantes não lhe seria difícil submeter também pela força das armas, ou mesmo por meios pacíficos e brandos, as outras tribos vizinhas das margens do Tocantins. Ele lhes ensinaria algumas das artes e ofícios mais indispensáveis, os induziria por meios persuasivos a cultivar a terra, para o que procuraria provê-los dos instrumentos próprios, a se aplicar à criação de gado, a construir habitações estáveis e mais sólidas, e enfim pouco a pouco os faria ir abandonando os grosseiros e ferozes hábitos da vida nômade e selvática pelos costumes e usanças dos povos civilizados. Tornado assim o chefe supremo de uma imensa população ativa, industriosa e guerreira, ele se tornaria temível aos fracos governos de Goiás, poderia tratar com eles como de potência a potência, e lhes imporia as condições. Com essa espécie de catequese e organização das tribos indígenas não só ele adquiria grande poder e prestígio naquelas

O ermitão do Muquém

paragens, como também prestaria ao Estado um eminente serviço, do qual ele reservaria para si o direito de marcar o preço e a remuneração.

Proporia submeter ao Estado todas essas tribos assim disciplinadas, contanto que os indígenas fossem considerados como outros tantos cidadãos e lhes fossem garantidos os direitos sociais. Outrossim lhe seria outorgado o governo e a direção daquelas tribos, enquanto vivo fosse, com o título e jurisdição de capitão-mor, que seria transmitido a seus descendentes por morgadio.

No caso de recusa protestava continuar à testa dos mesmos índios sua vida aventureira fazendo guerrilhas e devastadoras correrias por toda a capitania. Assim o terrível e turbulento valentão de Vila Boa, depois de se ter tornado formidável caudilho das hordas selvagens do Tocantins, aspirava agora a trocar o arco e o cocar de cacique pela farda vermelha de capitão-mor. Mas o céu lhe reservava outros destinos, se não tão brilhantes, ao menos mais santos e sublimes.

Chegou enfim o dia em que deviam começar os grandes festejos pela união de Itajiba e Guaraciaba. Tão feliz e tão brilhante união, tão ruidosos e magníficos regozijos jamais tinham presenciado aquelas florestas. O feliz aventureiro ia tocar ao fastígio da ventura e da prosperidade. O amor lhe sorria nos lábios e nos olhos da ingênua e formosa virgem, que como um anjo tutelar lhe aparecera nos caminhos da vida para arrebatá-lo a uma morte cruel e inevitável, e depois levá-lo pela mão por entre risonhas e floridas veredas ao cume da felicidade e do amor. O respeito e veneração dos Chavantes por toda a parte o rodeavam, e tocavam quase ao fanatismo; via sua influência e predomínio firmar-se entre eles sem recear mais rival algum que ousasse contrastá-lo. Suas brilhantes proezas, repetidas de boca em boca, ecoavam como um hino triunfal, e a glória dava-lhe a respirar os seus perfumes inebriantes.

Desde o romper da alva o arraial dos Chavantes começou a arrear-se de atavios de festa e a ressoar com rumores prazenteiros. Bandos alegres de homens e mulheres, ataviados com seus mais garridos enfeites, percorriam as brancas areias da praia cantando e tangendo seus rudes instrumentos; outros em canoas cobertas com toldas de ramos e flores sulcavam as águas do rio em todas as direções, acordando os ecos das sombrias ribanceiras com alegres vozerias ou com estrondo de descargas dos mosquetes, que Itajiba lhes tinha dado; ali um bando de guerreiros, revestidos de vistosas armaduras, executavam exercícios guerreiros simulando combates e cenas de guerra; além grupos de homens e mulheres sentados à sombra de algum copado arvoredo banqueteavam-se alegremente inebriando-se de cauim.

Tudo era festa, regozijo, movimento e ruído, e essas demonstrações eram filha de um sincero prazer e verdadeiro entusiasmo da parte dos Chavantes, a quem Itajiba por seus atos de heroísmo e pela nobreza e generosidade de sua alma soubera inspirar ao mesmo tempo afeição, respeito e fanática admiração.

À noite o espetáculo variava inteiramente de natureza e de aspecto. Os troncos das florestas forneciam a descomunal iluminação desses selváticos fes-

81

tejos: empilhados uns sobre outros de espaço em espaço em fogueiras colossais ao longo da praia ardiam estrepitosos, e como crateras em erupção arrojavam às nuvens borbotões de fumo, e miríadas de fagulhas chamejantes. Ao vermelho clarão das fogueiras o rio fulgurava como larga torrente de lavas abraseadas, e por entre elas via-se cruzando a todos os instantes e em todas as direções uma turba imensa em alegre e festival celeuma, e divisavam-se como espectros as figuras bronzeadas dos guerreiros agitando os cocares ondulantes, e com bizarros esgares e compassados saltos executando danças selváticas e figurando combates e pelejas. Um espectador estranho, que ali se achasse, julgaria presenciar um orgia de espectros.

Na tarde do terceiro dia, em uma vasta sala da taba do velho cacique, em presença dos pajés e dos principais da tribo, Oriçanga entregou sua filha, a meiga e formosa Guaraciaba, ao valente e generoso Itajiba, com as singelas e breves cerimônias entre eles usadas para esses atos, e declarou outrossim que em razão de sua avançada idade transferia a Itajiba desde aquele momento o governo e comando da tribo. A multidão, que ávida e curiosa se tinha aglomerado em torno da taba do cacique, prorrompeu em entusiásticas e ruidosas aclamações, e os festins se prolongaram pela noite adiante ainda mais estrondosos e animados.

VI

Insídia

*I*nimá, embrenhado com seus companheiros nas matas vizinhas, escutava ao longe com desespero na alma aqueles festivos e entusiásticos rumores aclamando e vitoriando seu poderoso e feliz rival. Doze sóis havia que o desditoso cacique, homiziado nos covis das feras, tragava na solidão o fel peçonhento do ciúme, aguardando com impaciência a hora da vingança.

Entre os companheiros de Inimá, que com ele se tinham salvado da desastrosa derrota de sua expedição, havia um irmão de Guaraciaba, que sua mãe a gentil e graciosa Naumá tinha tido do esbelto e robusto Andiroba antes que Oriçanga a recebesse como esposa em sua taba. Anhambira, este era o seu nome, era um jovem guerreiro igual em idade a Inimá e mui semelhante a ele, quer nas feições do rosto, quer na estatura e na galhardia do porte; desde a infância ligaram-se um ao outro pe-

O ermitão do Muquém

los laços da mais estreita amizade; eram sempre companheiros inseparáveis em todos os jogos e em todos os trabalhos e empresas, e ao vê-los assim tão semelhantes um ao outro julgar-se-ia serem dois irmãos gêmeos. Anhambira seguira a seu amigo nessa expedição, que teve tão deplorável resultado, e já Guaraciaba tinha vertido amargo pranto sobre a sorte de seu irmão, julgando-o morto ou perdido como o resto de seus companheiros. Os outros guerreiros, que com Inimá se achavam na floresta, eram também amigos dedicados, fiéis a seu chefe até a última extremidade, e prontos a executar pontualmente as suas ordens, quaisquer que elas fossem.

Anhambira, posto que como amigo de Inimá fosse infenso a Itajiba, amava muito a sua irmã, e logo em sua chegada tinha pedido a seu chefe e amigo que o deixasse ir às tabas vê-la e abraçá-la; mas Inimá jeitosamente se opôs a isto, e o dissuadiu fazendo-lhe ver que Itajiba era cruel e suspeitoso, e que seu aparecimento nas tabas poderia ser funesto; dizia demais, a seu amigo, que não poderia passar um instante sem a sua companhia, que era o único alívio e conforto que ainda lhe restava na horrível solidão em que se achava; que no dia do noivado poderia ele ir ver sua irmã e lhe ficava livre voltar ou não para sua companhia. Anhambira, que tinha coração leal e singelo, e não querendo contrariar a seu amigo em ocasião tão penível e cruel, acreditou em suas palavras e esperou.

De feito, como chegasse o terceiro dia da festas nupciais, ao pôr do sol Inimá disse ao seu amigo:

– Anhambira, eis aí chegado o dia em que Itajiba vai ver coroados todos os seus desejos recebendo por companheira tua formosa irmã, e em que eu, amaldiçoado pelos céus e repelido pelos homens, irei longe daqui pôr termo a esta odiosa existência. Vai, meu amigo, vai ver e abraçar tua bela e feliz irmã e esse teu novo irmão que não conheces. Possas tu viver junto deles vida longa e feliz, e não te esquecer jamais do teu infortunado amigo, que ralado de amarguras, abandonado pelo céu e pelos homens, só poderá encontrar repouso no seio da morte. Vai, Anhambira, e recebe o meu último e doloroso adeus!

Anhambira respondeu-lhe chorando:

– Quão mal me conheces tu, Inimá, a mim, que sempre te amei e te acompanhei em todos os trances da vida! Como acreditas que eu possa abandonar-te hoje, quando mais precisas de um amigo leal e dedicado que te alente e console no infortúnio em que jazes?... irei somente ver minha irmã e dizer-lhe o último adeus, pois não poderei viver em companhia desse estrangeiro teu rival e teu algoz, e voltarei a teu lado para acompanhar-te sempre e a toda parte que fores. Adeus, que breve estarei de novo contigo.

Nobre e leal mancebo! Mal sabia ele que horríveis e sinistros pensamentos volviam em sua mente obcecada pelo ódio àquele a quem votava tão sincera e estremosa amizade! Anhambira saiu acompanhado de outro guerreiro, que Inimá mandara acompanhá-lo; depois de terem atravessado grande extensão de mata chegaram às tabas, e costeando o rio passaram pelas fogueiras através de uma imensa multidão, que se entregava com en-

83

tusiasmo a toda a espécie de divertimentos, até que chegaram a uma pequena taba retirada a pouco a distância da de Oriçanga, meio escondida entre moitas de coqueiros e outros arvoredos, e onde não chegava senão mui frouxamente o clarão e o ruído das festas.

– Espera aqui – diz o companheiro de Anhambira ao entrarem na taba. – Eu vou chamar Guaraciaba, e dentro em um momento ela aqui estará contigo.

– Como! – volve-lhe Anhambira com surpresa. – Por que razão não poderei eu mesmo ir lá vê-la?

– Tu não vês – replica-lhe o guerreiro – que o teu aparecimento inesperado na taba do cacique iria excitar as suspeitas do desconfiado e sombrio Itajiba, que não te conhece e te tomaria pelo próprio Inimá? Amanhã poderás, se quiseres, pendurar tranquilamente a tua rede na taba de tua irmã, e passar teus dias ao lado dela; mas por hoje é preciso cautela ainda.

Anhambira com a ingenuidade de uma alma pura acreditou, e assentado em um leito de peles esperou refletindo consigo:

– Melhor é mesmo esperá-la aqui; não serei obrigado a ver esse homem orgulhoso e fatal, que é a causa da ruína do meu amigo.

Em um espaçoso salão da taba de Oriçanga, ornado com todo o luxo de que os selvagens podem lançar mão, achava-se reunido o que se poderia chamar a corte do velho cacique. Em um ângulo da sala Guaraciaba cheia de emoção, que dá a felicidade, recostada em uma fina rede ricamente entretecida de lindas e mimosas penas, como uma rolinha deitada em ninho de flores, mal tomava parte nos brinquedos e conversas das companheiras, que a rodeavam. Estas, assentadas a seus pés sobre macias peles ou esteiras delicadamente tecidas, brincavam e garrulavam como um bando de andorinhas em manhã de primavera. Um guerreiro simplesmente ataviado, como quem viera dos combates, e não de festas e regozijos, se aproxima respeitosamente dela, e diz-lhe:

– Guaraciaba, raio de luz, flor de beleza, esposa feliz do poderoso e invencível Itajiba, venho anunciar-te que teu irmão Anhambira é vivo, e se o quiseres, poderás vê-lo neste momento.

A estas palavras Guaraciaba salta alvoroçada fora da rede, como o filho da ema que acode pressuroso ao grito da mãe que o chama com o alimento no bico.

– Que dizes, guerreiro? – exclama ela. – É vivo Anhambira?... quero vê-lo e já. Neste feliz dia o céu como que porfia em colmar-me de todas as aventuras!

– Sim, Guaraciaba, teu irmão é vivo, está entre nós, e te espera não longe daqui; por milagre escapamos eu e ele ao furor dos inimigos; se desejas vê-lo já, acompanha-me.

– E por que não vem ele mesmo aqui apresentar-se?

– Porque sendo amigo íntimo de Inamá não quer aparecer diante de Itajiba, e deseja falar contigo a sós; por isso me enviou para fazer-te este pedido.

– Pois irei eu mesma vê-lo, visto não estar longe, e o trarei para a taba de meu pai, onde será sempre bem-vindo. E Guaraciaba deixou suas compa-

O ermitão do Muquém

nheiras, às quais disse voltava naquele momento, e acompanhou pressurosa ao guerreiro, que a guiou à cabana isolada em que se achava Anhambira.

Poucos momentos depois outro guerreiro de igual aparência aproxima-se com ar misterioso de Itajiba, que na outra extremidade da sala recebia as homenagens e felicitações dos que o rodeavam, e diz-lhe em voz baixa:

– Itajiba, queres saber quanto é fiel a esposa que possuis? Sobressaltado com tão extraordinária pergunta, Itajiba responde:

– Estás louco, guerreiro! A que propósito vem a tua pergunta? Quem melhor do que eu conhece a meiga e fiel Guaraciaba?

– Ah! Itajiba, não a conheces, não.

– Insolente! – diz Itajiba impaciente. – Não fora hoje um dia de regozijo para todos e de venturas para mim, eu fizera punir teu indiscreto arrojo.

– Itajiba – volve-lhe o guerreiro sem abalar-se e abaixando ainda mais a voz –, olha que Inamá é vivo e acha-se entre nós; se queres saber mais, acompanha-me por alguns momentos.

Itajiba, atônito e sem compreender bem o sentido das estranhas e intempestivas palavras do guerreiro, reflete e hesita um momento; olha para o ângulo da sala em que se achava Guaraciaba, e não a vê mais ali; estremece; um pensamento sinistro lhe atravessa de súbito o espírito, e no mesmo instante se esvaece como um relâmpago; seria um crime conceber suspeitas por mais leves que fossem, em qualquer tempo, quanto mais naquela noite, contra a mais pura e a mais adorável das virgens da floresta. Mas as palavras do guerreiro eram ambíguas, a curiosidade tão natural em tais circunstâncias agita o espírito de Itajiba, que entendeu que nada perderia em decifrar aquele mistério. Portanto lançando mão de um arco e flechas diz ao guerreiro: vamos, e acompanhou-o de perto. Alguns dos circunstantes observando aquela cena, de que nada compreendiam, e que tinha um não sei quê de inquietadora e sinistra, os acompanharam também a curta distância. Guiado pelo índio Itajiba chega à taba encoberta entre arvoredos, na qual Guaraciaba e Anhambira se abraçavam ternamente na suave efusão do amor fraterno.

Chegado à porta o guia brande um facho que trazia nas mãos, e que imediatamente lança um vivo clarão no interior da tabá, e apontando para dentro murmura ao ouvido de Itajiba:

– Olha! Não os conheces? Guaraciaba e Inimá!

E Itajiba vê distintamente Guaraciaba com os braços enlaçados ao colo de um jovem guerreiro, que no semblante e beleza do porte parecia perfeitamente a figura de Inimá!

– Infames! – rugiu, e imediatamente estica o arco: voou zunindo o tiro, e os dois míseros irmãos, varados no peito por uma só flecha, rolaram no chão sem vida.

Instantaneamente outros fachos se acendem, e vêm alumiar com luz sinistra aquele medonho e miserando quadro. Ainda abraçados os dois infortunados irmãos se estorciam no chão nas últimas convulsões da agonia. Alguns vultos entram de tropel na taba gritando todos a um tempo; o grupo se condensa, reina a maior agitação e forma-se um tumulto infernal, que vai crescendo e se

85

propagando de momento a momento. Em poucos instantes toda a tribo dos Chavantes se achava apinhada em volta daquele sítio fatal bramindo furiosos como um bando de javardos em torno do caçador imprudente que entre eles se envolveu. No meio de todo aquele tumulto e confusos alaridos o desgraçado Itajiba enfim pôde compreender que de um só golpe tinha matado Guaraciaba e seu irmão Anhambira, que ele não conhecia, mas de quem ela muitas vezes lhe falara com ternura. Que palavras poderiam exprimir sua desesperação neste trance cruel? Cego, desatinado e louco abre caminho com os robustos braços através da multidão, que se apinhava em torno dos dois cadáveres; quer arrancar a seta que os traspassou, e com ela mesma varando o próprio coração misturar seu sangue ao de suas inocentes e infortunadas vítimas; repelido porém pela turba, atira-se à toa como um possesso pelo primeiro caminho que se lhe oferece, sem destino e sem consciência do que faz.

Como um condenado escapado ao suplício, a boca entreaberta e arquejante, os olhos desvairados, os passos precipitados e vacilantes, passa como um espectro por entre as turbas atônitas: já está longe das tabas, mas caminha ainda, até que esbarra com o leito do rio, que diante dele desdobra seu esteiro límpido e profundo; mas nem isso o detém em sua desatinada carreira, e vai como um ébrio em delírio arrojar-se na torrente.

– Quem vai lá? – brada de um lado uma voz áspera e breve.

Itajiba parou sobressaltado, e olha para o lado donde partira a voz: uma canoa estava amarrada à margem, e sentado à popa acha-se um vulto de porte altivo.

– Ainda há pouco – responde Itajiba –, eu era Itajiba, o valente e glorioso chefe dos Chavantes; agora sou Gonçalo o foragido!

– Itajiba ou Gonçalo, como quer que te chames, não vás procurar a morte nas águas desse rio, que te repelirá de seu seio. Tens estreitas contas a ajustar comigo; tua vida me pertence.

– E tu quem és, que assim ousas falar-me?

– Pois já não conheces Inimá?

– Inimá!

– Sim, Inimá, esse que cuidaste atravessar com tua flecha no braços de Guaraciaba, mas que ainda aqui te espera para ultimar sua vingança.

– Cobarde! ah! Quanto folgo de encontrar-te aqui! Bem vejo que foste tu que urdiste a trama infernal que me perdeu...

– Pois pensavas acaso que eu de bom grado consentiria que tu, vil forasteiro, lograsses tranquilamente a ventura que o céu me tinha destinado, nos braços daquela que desde a infância amei? Nunca te dei direito de fazer de mim conceito tão mesquinho.

– Nem eu tão pouco consentirei que sobrevivas mais um instante à tua atroz perfídia... Dizendo isto Itajiba furioso ia-se precipitar sobre Inimá; este porém com voz calma e firme o atalha:

O ermitão do Muquém

– Acalma-te, Itajiba: estamos a sós, e sobra-nos o tempo. Entra nesta canoa, e vamos sós e bem longe daqui, seja onde for, tendo unicamente por testemunhas o céu, as florestas e este rio, decidir o nosso pleito.

– Onde e como quiseres, contanto que esta noite mesmo decidamos a nossa sorte. – diz Gonçalo com impaciência, e salta na canoa, que logo após vai vogando serena pelo Tocantins abaixo.

A noite já ia alta, sem luar, mas límpida e estrelada. Nenhum vento agitava o tope escuro dos arvoredos, que imóveis e silenciosos se miravam no espelho das águas ao longo de uma e outra margem, e o largo veio do rio serpeando majestoso e plácido por entre as selvas refletia no profundo regaço os mil fulgores do firmamento como vasta charpa azul matizada de luzentes pedrarias. Com o profundo silêncio e a paz solene e inalterável daquelas solidões formavam vivo contraste as cruéis e violentas tempestades que agitavam a alma dos dois miserandos rivais. Sombrios e taciturnos, sentados em face um do outro, Inimá à popa, e Itajiba à proa, abandonaram à mercê da torrente a canoa, que por largo tempo foi boiando sem remos serena e silenciosamente até sumir-se a grande distância das habitações dos índios. Ambos tinham tocado ao supremo grau do infortúnio; para ambos a existência se tinha tornado um flagelo contínuo, um tormento insuportável, e só viviam de ódio e desesperação. A ambos torturava igual ânsia de ao mesmo tempo esmagar o seu rival e de expirar a seus golpes: quereriam morrer estrafegando-se mutuamente em um abraço de panteras. Já largo tempo tinham vogado quedos e taciturnos à mercê das águas quando Inimá rompe o silêncio.

– Itajiba, a noite avança e se o sol ainda nos encontrar ambos vivos sobre a terra e em face um do outro, de pejo e horror pode voltar-nos o rosto e recuar a esconder-se de novo no seio do oriente. Cumpre que um de nós não veja mais a face do sol.

– Eu me coloquei à tua disposição – volve-lhe Itajiba levantando-se e empunhando as suas armas. – Onde queres combater? Aqui mesmo dentro desta canoa, ou em terra?

– Onde quiseres.

– Pois bem; seja aqui mesmo: esta noite deve ser eterna para nós ambos. Inimá, tu me odeias, e tens razão, porque com minhas mãos arranquei sem piedade pela raiz todo esse teu futuro de glória e de amor com que desde a infância te embalavas. Eu te odeio, Inimá, e também com razão, porque de um só golpe vibrado nas trevas me precipitaste do fastígio do poder e da felicidade no abismo do opróbrio e da desesperação. A existência deve ser para nós ambos um odioso peso; devemos um ao outro nosso sangue: fácil e suave nos é agora pagar essa dívida sagrada. Combatamos pois aqui mesmo; porém de tal sorte, que nenhum de nós escape.

– Mas isso, Itajiba, não será talvez possível: de que modo o conseguíremos?

– Nada mais simples. Tu embeberás no teu arco a tua melhor flecha, e eu farei o mesmo; curvá-lo-ás com vigor e apontarás ao meu coração, eu farei outro tanto e apontarei ao teu; darei com o pé dois sinais; ao terceiro disparare-

87

mos a um tempo. Por este modo será impossível que ambos não sucumbamos, e eu morrerei satisfeito por ter-te arrancado a vida, e te perdoarei a morte que me dás pela vida odiosa de que me livras.

– Bem que eu quisera antes de expirar morder-te a carne e beber-te o sangue, aceito, Itajiba, aceito o combate tal qual propões.

Gonçalo propusera aquele estranho gênero de duelo, porque ansioso de pôr termo a uma existência que se lhe tornaria insuportável daquele dia em diante, receava que, como sempre lhe tinha sucedido, ainda desta vez a sorte o favorecesse dando-lhe uma completa vitória e prolongando-lhe uma vida que detestava.

Devia ser pavoroso de ver-se aquele estranho combate travado sobre as águas a horas mortas da noite em meio das solidões, tendo por arena uma estreita canoa, e por testemunhas as estrelas, que lhes prestavam escassa luz, e o rio, que lhes devia servir de sepultura. Quem por acaso visse da margem aqueles dois vultos sinistros a vinte passos apenas um do outro em temerosa atitude, com os membros esticados a encurvarem com furor o arco prestes e disparar, e projetando sombras colossais sobre o esteiro límpido das ondas, recuaria de horror cuidando ter visto os espectros da noite a combaterem por cima das águas.

Antes de pôr-se em atitude de combate, Gonçalo, que nos trances arriscados de sua vida nunca se esquecia de sua celeste protetora, beijou com fervorosa devoção a imagem da Santa Virgem, e disposto a morrer encomendou sua alma a Deus. Desta vez porém não se lembrou de tocar no talismã do cinturão, ou de propósito não o quis fazer, pois que deveras desejava morrer.

Itajiba bateu o pé no fundo da canoa o primeiro sinal; daí a um instante o segundo; ao terceiro as flechas voaram dos arcos a um tempo e cruzaram-se nos ares. Inimá, varado no coração, depois de cambalear um instante caiu de cabeça para baixo como enorme surubi escapado à rede do pescador, e a líquida sepultura, que o devorou para sempre, fechou-se de novo sobre seu cadáver remoinhado com lúgubre rumorejo. Gonçalo porém vacilou apenas, e conservou-se em pé. Acaso Inimá em tão curta distância teria errado o ponto? Ou algum poder sobrenatural e misterioso lhe teria turbado a vista e desviado a seta? Nada disso era crível, e nada disso acontecera. A flecha bem despedida do arco de Inimá voou certeira ao peito esquerdo de Itajiba, mas caiu-lhe aos pés sem penetrar!

Mas como poderia isto acontecer a não ser por um milagre? Perguntar-se-á. Milagre ou não, nesse fato teve Gonçalo a mais evidente prova da valiosa proteção da Santa Virgem, por quem sempre tivera a mais viva e fervorosa devoção. A flecha do selvagem encontrou no peito de Gonçalo a grossa medalha de ouro, em que estava esculpida a imagem da milagrosa Santa, e caiu embotada a seus pés. Amparado por aquele escudo celestial o seu corpo nem de leve foi tocado, e sua alma foi salva dos caminhos da perdição.

Será um acaso? Ninguém o dirá; foi manifesta proteção do céu, que queria converter um facínora em instrumento da divina misericórdia para alívio dos males da humanidade.

O ermitão do Muquém

POUSO QUARTO
O ERMITÃO

I

Os romeiros

Já vinte anos eram passados depois que tinham tido lugar em Vila Boa os deploráveis acontecimentos que ficaram referidos no começo desta narração. O nome de Gonçalo, que todo o mundo julgava morto, já quase completamente esquecido, apenas existia na memória de alguns velhos, como uma tradição dos tempos passados, que eles se apraziam em referir aos rapazes para lhes servir de exemplo e escarmento dos maus costumes. É verdade que corria como certo entre os habitantes de Goiás que o comandante dos índios selvagens, que havia anos tinham assolado o norte da capitania levando o terror e a devastação até as imediações de Vila Boa, era um branco, que em razão de seus crimes se tinha refugiado entre eles para subtrair-se às perseguições da justiça; mas nem por sombra passava pelo pensamento de quem quer que fosse que o assassino de Reinaldo fosse o terrível caudilho dos Chavantes, que Itajiba fosse Gonçalo, do qual tinham como certo que já nem ossos existiam.

Maria, a gentil causadora e vítima ao mesmo tempo daquela triste catástrofe, existia ainda, mas sempre mergulhada naquele torpor profundo, naquela paralisia da inteligência que a tinha acometido há vinte anos, quando viu expirar Reinaldo picado a facadas pela mão de Gonçalo depois de porfiosa e desesperada luta. Ela existia, mas ninguém reconheceria mais na fisionomia desfigurada e macilenta da pobre idiota as feições tão delicadas e espirituosas da gentil e travessa Maroca. Órfã e sem abrigo, Maria teria morrido à míngua e ao desamparo, se mestre Mateus, que era seu padrinho, não á tivesse recolhido em casa, onde a tratava com todo o desvelo e caridade. Mestre Mateus e Josefa sua mulher fizeram os esforços que estavam ao seu alcance para restituir o uso da inteligência àquela infeliz criatura; porém cuidados, remédios, passeios, distrações, romarias e promessas devotas, tudo foi baldado, até que por fim perderam toda a esperança de vê-la restabelecida.

Começava então a derramar-se por toda a capitania de Goiás a grande fama das maravilhosas curas operadas pela intercessão da Virgem Nossa Senhora da Abadia, que era adorada em sua capelinha, erigida havia quatro ou cinco anos no lugar denominado – Muquém – à custa das esmolas e contribuições do povo, por um santo ermitão, o qual se dizia ter achado nesse lugar em uma lapa à margem do regato, que teve o nome de Córrego das Lágrimas, uma grande e perfeita imagem da mesma Senhora. Corriam na boca do vulgo a respeito desse ermitão muitas histórias e tradições diversas; mas ninguém sabia ao certo quem ele era, nem donde viera. Vivia sozinho em completo retiro subsistindo de esmolas, de frutos e legumes silvestres; trajava um hábito de algodão grosso tinto de negro, apertado por um cinto de sola, do qual pendia um grosso rosário de camândulas. Passava o tempo em contínuas penitências, orações e exercícios piedosos, e ocupado em zelar a pequena ermida, que com o auxílio dos fiéis tinha erigido à sua celestial padroeira. Demais, sua vida era simples, e despida do afetado espírito de austeridade desses que se querem inculcar como santos aos olhos do mundo e como tais serem venerados em vida; sua humildade era sincera, e seus atos de penitência e contrição eram filhos de uma verdadeira abnegação das coisas do mundo.

A imensa reputação da virtude desse santo homem, as prodigiosas curas que tinham sido operadas pela intercessão da milagrosa Santa, deram em breve tempo extraordinária voga às romarias ou peregrinações ao Muquém. A quinze de Agosto, dia em que se celebra a festa da Santa, uma imensa multidão, que acudia de todos os ângulos da capitania de Goiás e mesmo das capitanias vizinhas, vinha reunir-se em torno da capelinha do Muquém, e depor aos pés da Virgem, em cumprimento de promessas, piedosas oferendas e valiosos donativos. Nessa quadra as mal trilhadas e solitárias sendas, que dos diversos pontos da província conduzem à isolada ermida, viam-se apinhadas de viandantes de todas as classes, sexos e idades, que iam em devota romaria cumprir suas promessas levando preciosos presentes em dinheiro, escravos, gado, animais, objetos de ouro e prata, cera, paramentos, alfaias e mil outras coisas, com que ornavam e enriqueciam o santuário da miraculosa Virgem. Nessas estradas encontravam-se então a cada passo tropas e carros atulhados de víveres e efeitos de toda a espécie, numerosas cavalgatas, que lá iam em ruidosa e alegre comitiva, caravanas de homens e mulheres a pé conduzindo crianças e bagagens, ou acompanhando vagarosamente um carro puxado a bois, que com seu monótono chiar lá ia em lentas jornadas atravessando os chapadões.

Quem ignorasse o motivo desse movimento, julgaria achar-se nas vizinhanças de uma grande cidade. Também em Vila Boa não havia quem não quisesse ir em romaria ao Muquém beijar o hábito do virtuoso ermitão, adorar a milagrosa imagem, e implorar-lhe alívio a seus males.

– Nunca mais iremos à romaria do Muquém cumprir nossas promessas, Mateus? – perguntava Josefa, a velha companheira de mestre Mateus, a qual, como todas as velhas beatas, tinha o mais vivo e ardente desejo de ir àquela romaria, e julgava que sua alma não se salvaria se morresse sem

O *ermitão do Muquém*

ter cumprido sua promessa. – Há dois anos, continuou ela, que fizemos promessa de lá ir, e levar Maria, e até agora nada! Olha que Agosto está à porta, e nós não somos crianças para deixarmos os anos passarem assim. Já vai para vinte anos que a pobre Maria está naquele estado, muda e desmemoriada. Se Nossa Senhora da Abadia não lhe der alívio e não lhe restituir o juízo e a fala, não sei quem lhe poderá valer.

– Tem paciência, minha velha – responde flegmaticamente mestre Mateus. – Tu bem sabes que meus incômodos e negócios me têm atrapalhado essa viagem. Mas vai-te aviando, que este ano, custe o que custar, havemos ir ao Muquém com o favor de Deus. Também eu preciso bem apegar-me com a milagrosa Virgem a ver se me dá alívio a esta maldita gota, que me atormenta, e que já nem me deixa ir trabalhar à forja.

– E eu também, que há mais de seis anos não sei o que é lograr boa saúde.

Mestre Mateus, que apesar dos seus incômodos, que ele exagerava, e de contar já seus oitenta anos, era ainda vigoroso e ágil, como um velho ciclope, começou a tratar com atividade dos preparativos para a projetada romaria. O Muquém ficava a cerca de oitenta léguas ao norte de Vila Boa de Goiás, por caminhos desertos, baldos de recursos e por vezes infestados pelos Bugres das margens do Tocantins. A viagem era longa e não sem dificuldades e perigos. Mas nenhuma dessas considerações detinha os romeiros, que em seu devoto ardor expunham-se de bom grado a todas as fadigas, privações e perigos. Mestre Mateus aprontou um grande carro de bois, no qual tratou de encerrar grande quantidade de víveres, roupas, utensílios e outros objetos necessários para uma longa peregrinação de mais de dois meses através de sertões desertos e inteiramente baldos de recursos.

A caravana de Mestre Mateus, que se compunha dele e sua mulher, de uma filha casada, Maria, e mais dois camaradas, pôs-se a caminho em princípios de Julho, e tangeram alegremente pela estrada do Muquém o seu pesado carro rodeado de esteira de taquara e toldado de couro, que por espaço de dois meses lhes tinha de servir ao mesmo tempo de habitação e de veículo por aquelas desertas regiões.

Os carros puxados a bois, com seu eixo móvel, pesados e vagarosos, são por certo grosseiros veículos, que bem denunciam o atraso dos meios de condução no interior do nosso país. Mas talvez por isso mesmo que revelam a infância da indústria da viação, tem um não sei quê de primitivo e poético, que enleva a imaginação. Eu nunca pude ver sem um singular e indizível sentimento de melancolia essas grandes e pesadas máquinas cobertas de couro, arrastadas vagarosamente por vinte e mais bois, quebrando com seu chiar agudo e monótono como o canto da cigarra o silêncio das solidões, atravessando os desertos em lentas e peníveis jornadas. São casas ambulantes, que muitas vezes vão transpondo para grandes distâncias famílias emigrantes com todos os seus haveres, seus móveis, animais e aves domésticas. Logo que o sol descamba do meio-

-dia fazem alto à beira de qualquer córrego, onde haja abundante pastagem, disjungem os bois, e aí estabelecem durante a metade do dia e durante a noite uma cômoda e agradável vivenda, qual se continuassem como sempre sua vida simples e uniforme. O rio lhes fornece água fresca e por vezes peixe abundante e saboroso; no mato acham mel, a caça e o palmito; a criança embala-se em seu berço à sombra do toldo do carro: em roda deste mugem as reses, vagueiam aves caseiras, e reina movimento, ruído e alegria como no lar doméstico.

Assim iam os nossos romeiros, pelo que depois de uma viagem vagarosa, mas alegre e sem acidentes, chegaram enfim poucos dias antes da festa ao vale triste e retraído em que se achava edificada a capelinha de Nossa Senhora da Abadia. Já aquele sítio ermo e sem habitação alguma durante o resto do ano se ia transformando em uma pequena cidade de barracas, carros e ranchos de capim ou palhas de coqueiro alinhados e formando ruas frequentadas por uma multidão de romeiros, que afluíam de todas as partes. Depois de ter escolhido o lugar em que deviam plantar sua tenda rodante, mestre Mateus tratou de fazer um apêndice a ela formando com os arreios do próprio carro uma barraca coberta de folhas de coqueiro, e aí estabeleceu-se com sua família de romeiros.

II

O reconhecimento

*N*a manhã seguinte, apenas a primeira barra do dia clareou os horizontes, mestre Mateus tratou pressuroso de despertar sua gente para irem ter com o ermitão, antes que a turba dos romeiros o rodeasse e tornasse difícil o acesso junto dele.

– Vamos – disse ele tomando Maria pela mão. – Vamos procurar o santo ermitão, entregar nossas esmolas, e rezar aos pés da Santa Virgem. Tenho fé, minha pobre Maria, que Nossa Senhora dA Abadia há de curar-te desse teu mal e aliviar-me também os meus sofrimentos.

Maria, acostumada há longos anos a obedecer automaticamente a mestre Mateus, acompanhou-o silenciosamente sem nada compreender do sentido de suas palavras, e juntamente com Josefa se encaminharam para o lado da capela. O sol, que começava a aparecer, cintilava sobre o orvalho, que a noite peneirara sobre os tetos de coqueiro dos ranchos e as cobertas de couro dos carros dos romeiros, onde começavam a rumorejar a vida e o movimento como em um vasto colmeal.

A alguma distância da capela os três romeiros avistaram o virtuoso eremita de joelhos sobre a relva do adro em face da ermida com os braços abertos embebido em extática oração. O sol, que surgia por defronte deles, destacava vivamente os contornos da figura venerabunda do ermitão naquela piedosa e solene postura, e rodeando-o de esplendores o apresentava aos olhos dos romeiros como a imagem viva desses patriarcas do cristianismo cingidos com a auréola da bem-aventurança. A barba grisalha lhe descia ao peito e os grandes olhos pretos se volviam ao céu como que nadando em profundos êxtases. A tez crestada da fronte e do rosto era atravessada por longos e fundos sulcos, e a cabeça pendida para trás se lhe debruçava sobre os ombros alquebrados. Via-se, entretanto, que sua idade não podia ser muito avançada, e que aqueles prematuros caracteres de velhice eram resultado de longos sofrimentos e fadigas extremas.

Nem em sua figura nem em suas palavras se revelava desejo algum de impor à multidão e de atrair cultos e venerações de que se julgava indigno. Seu porte era modesto, e em seus olhos e em toda a sua fisionomia lia-se uma dor sincera, uma verdadeira e profunda compunção.

Mateus e suas companheiras, cheios de assombro com aquele espetáculo, cuidando ter diante dos olhos uma visão beatífica, pararam e o contemplaram em respeitosa distância sem se atreverem a interrompê-lo em sua mística ocupação. Apenas porém o eremita, terminada a sua oração, levantou-se, os nossos romeiros encaminharam-se para ele. Maria, ou antes Mateus por ela, levava em oferenda à Santa Virgem um rosário de grossas contas de puro ouro com uma pesada medalha do mesmo metal, em que vinha esculpida a imagem da Virgem, obra primorosamente trabalhada nas oficinas de Vila Boa.

Tinha esta medalha sido dada em outros tempos a Maria pela mãe de Gonçalo, que a tinha conduzido à pia batismal, e era em tudo semelhante e igual à que Gonçalo possuía. Mateus e sua mulher também levavam objetos de ouro do mais fino quilate, de que eram abundantíssimas nesse tempo as minas de Goiás. Mateus apenas se aproximou do ermitão, lançou-se-lhe aos pés procurando beijar-lhe as mãos e o hábito; mas este estorvou-o tomando-lhe as mãos, e disse-lhe com mansidão:

– Que pretendeis, irmão? Eu não sou nenhum santo para merecer vossas adorações; sou um miserável pecador, que para nada valho, e que choro nestes ermos minhas enormes culpas. Ide prostrar-vos – continua ele apontando para a igreja – diante daquela que é digna de vossos cultos e dos de toda a humanidade, e a única que pode dar alívio a vossos sofrimentos.

Mateus levantou-se e passou às mãos do eremita os preciosos donativos que em cumprimento de suas piedosas promessas trazia a Nossa Senhora da Abadia. Antes porém de entregar o rosário e a medalha oferta de Maria, disse ao ermitão mostrando-lhe esta:

– É esta pobre mulher quem faz este oferecimento à milagrosa Senhora da Abadia, e é ela sobretudo quem mais precisa de seu valioso patrocínio pela triste doença que há vinte anos padece. Sim, virtuoso irmão, já vai para mais de vinte anos, esta infeliz rapariga caiu neste estado em que a vedes, ficando muda e sandia, ela que era a mais linda e mais viva menina de todo Goiás. Um rapaz desordeiro, que por desgraça havia então em Vila Boa, rapaz turbulento e espancador, que parecia ter no corpo uma legião de demônios, Deus me perdoe, e que se chamava Gonçalo...

– Gonçalo! – interrompeu o ermitão estremecendo e encarando com atenção para Maria e Mateus.

– Sim, Gonçalo, bom irmão – prosseguiu este sem reparar na surpresa e crescente perturbação do ermitão –, foi ele o causador da desgraça desta coitada, que aqui vedes. Em uma noite de folguedo em minha própria casa esse malvado assassino...

– Basta, irmão! – exclamou o ermitão, e com o peito arquejante e a fronte inundada em suor frio estendia para Mateus os braços trêmulos. – Por piedade, basta! Eu sei de tudo...

Depois tomando precipitadamente o rosário de ouro, que Mateus ainda tinha nas mãos, examina com atenção a medalha e olha fixamente para Maria.

– Maria! – exclama ele caindo aos pés da romeira. – Maria, perdoa-me!

Maria, sobressaltada com aquele grito e aquela atitude do ermitão, fita nele os olhos com pasmo, e por sua vez exclama:

– Gonçalo!...

– Milagre! Milagre! – murmuraram com assombro Mateus e Josefa ao ouvirem aquela primeira palavra inteligível que depois de vinte anos Maria pronunciava; mas cheios de surpresa ao reconhecerem no ermitão o assassino de Reinaldo não sabiam o que pensar daquele extraordinário acontecimento.

– Maria! – continua Gonçalo sempre de joelhos aos pés da romeira. – Ah! tu me reconheces ainda!... Maria, perdoa-me; ninguém melhor do que tu sabe que eu não sou nenhum santo, mas um miserável pecador, para cujos enormes crimes é pouca ainda toda a misericórdia de Deus e dos homens. Dize-me pois, Maria, por piedade, por amor daquela soberana e imaculada Virgem, que eu e tu veneramos desde a infância, e que guiou teus passos à ermida do deserto, dize-me, Maria, vieste aqui para me acusar ou para perdoar?...

Maria, adormecida há vinte anos naquele torpor de espírito que lhe paralisara todas as faculdades da inteligência, acordou subitamente ao som daquela voz, que outrora tinha ouvido entre pragas e sangue, e que agora maviosa e humilde implorava o perdão a seus pés. Surpreendida e atônita

O ermitão do Muquém

como quem despertava bruscamente de um profundo dormir, sua alma vacila alguns momentos como que procurando em vão reatar ao presente um remoto passado; mas enfim clareando-se-lhe subitamente as ideias como por uma inspiração do céu:

– Para perdoar-te – respondeu com voz calma e firme.

Os olhos do ermitão, até ali extintos e cravados no chão, encheram-se de luz e volveram-se para o céu.

– Eu vos dou infinitas graças, meu Deus – murmurou ele levantando-se dos pés de Maria –, por me terdes concedido a inefável consolação de ouvir o meu perdão dos próprios lábios de minha vítima, e de vos terdes dignado baixar vossas vistas sobre este mísero pecador para torná-lo instrumento da vossa bondade e misericórdia.

Mateus e sua mulher, que atônitos contemplavam de parte aquela cena tocante e quase sobrenatural, como que custando ainda a capacitar-se do que viam e ouviam, possuídos a um tempo de timidez e respeito, até ali não se tinham atrevido a aventurar uma só palavra. Mateus por fim aproximou-se respeitosamente do ermitão e disse-lhe:

– E nós, Gonçalo, acaso já nos conheces? Não te lembras mais do velho Mateus?

– Há muito já te reconheci, Mateus, a ti e a tua boa mulher. Mas desculpai-me; este inesperado encontro, este abalo tão profundo... ah! perdoai-me... preciso também de vosso perdão... E como a emoção embargava-lhe as falas, ele abraçou-os chorando.

III

A conversão

*P*assados aqueles momentos de emoção, e dissipado algum tanto o assombro que deixara nos ânimos aquele extraordinário acontecimento, o ermitão abriu a porta da capela e convidou os romeiros a entrarem. Ali prostrou-se perante o lindo altar, em que resplandecia a imagem da Santa Virgem; em fervorosa oração renderam graças à miraculosa Senhora pelos assinalados benefícios que dela acabavam de receber.

O disco do sol já se elevava no horizonte; a multidão dos romeiros já começava a inundar o pequeno templo, que mal os podia conter, e sussurrava como um enxame de abelhas em manhã de primavera a entrarem e saírem pela estreita porta da colmeia. Era já tempo de deixar o ermitão, que naqueles dias não pertencia a si, e tinha de dar atenção a milhares de romeiros. Antes porém de se separarem , Mateus pediu a Gonçalo que lhe contasse o que lhe tinha acontecido desde o seu desaparecimento de Vila Boa até aquela época, e que série de singulares acontecimentos o tinha levado a fundar aquela capela e a viver vida de austeridades e penitências no meio daqueles desertos.

– Mateus – lhe responde o ermitão – a história de meus desvarios e desgraças é bastante longa, e decerto não exiges de mim que a conte aqui em alguns momentos e no meio deste tumulto. Durante os dias que aqui tiverdes de demorar, vinde todas as tardes àquela choupana que ali vedes; é ali a minha morada. Posto que me seja bem doloroso rememorar um passado de crimes, misérias e fraquezas, a vós nada devo ocultar; para me tornar digno do vosso perdão é meu dever tudo confessar-vos, e também para que fiqueis conhecendo e proclameis por toda a parte quão valioso e sublime é o poder daquela piedosa Virgem, a cuja celestial proteção devo a existência neste mundo, e por cuja intercessão espero no outro a salvação eterna.

Durante todo o tempo que estiveram no Muquém, os nossos romeiros todos os dias ao declinar do sol dirigiam-se à cabana do eremita, que distava como cinquenta passos da capela. Era um pequeno rancho coberto de palhas de bagaçu com uma porta e uma janela, mas fresco e asseado.

Tinha junto à porta uma frondosa sucupira, única árvore de algum vulto que se notava naquela paragem. A sucupira diz-se que tem a propriedade de atrair o raio, mas Gonçalo dizia sorrindo:

– Nada no mundo desafia mais os raios da cólera celeste do que o pecado, e eu sou o maior dos pecadores.

De feito depois da morte de Gonçalo o raio derribou aquela árvore, que o céu parecia ter respeitado somente enquanto prestava uma sombra ao piedoso eremita. Junto à cabana havia também um cercado, que Gonçalo amanhava com suas próprias mãos cultivando algumas flores, com que enfeitava os altares da Virgem; e era esta ocupação a única distração que concedia aos rigores de sua vida ascética e solitária.

Ali assentados em um grosso madeiro estendido junto à porta da cabana pelo lado de fora os romeiros de Vila Boa escutavam com a maior atenção da boca de Gonçalo os acontecimentos que ficam referidos nesta história, desde o desaparecimento de Gonçalo até o temeroso e estranho duelo em que matou Inimá, ficando ele salvo por uma espécie de milagre. Ele lhes contava com todos os pormenores suas longas peregrinações e trabalhos, as lutas e dificuldades que tivera a vencer durante o tempo em que, homiziado pelos desertos, se refugiava entre os selvagens procurando sufocar por meio de uma vida inquieta e cheia de azares os clamores da consciência, que mesmo no meio das maiores prosperidades não deixava de pungi-lo com seu implacável aguilhão, as extraordinárias aventuras de sua vida entre os Chavantes, seus amores com a filha do cacique, seus triunfos e a infanda peripécia que pôs termo à longa série de seus crimes e desvarios. Os romeiros, absortos no encanto daquela narrativa simples, animada e cheia de interesse, não sentiam correr o tempo, e era com grande desprazer que ao cair da noite ouviam o ermitão dizer-lhes:

— É hora de oração e de repouso; voltai amanhã para ouvirdes o resto.

E depois de tudo terem ouvido, ainda não contentes faziam mil perguntas a Gonçalo, pediam-lhe que lhes tornasse a contar mais este ou aquele fato, que lhes esclarecesse e explicasse mais esta ou aquela circunstância.

Nós porém tínhamos deixado Gonçalo alta noite voltando sozinho em uma canoa pelo rio Tocantins abaixo depois de ter matado Inimá.

Atônito e confundido pela singular e quase miraculosa maneira por que ainda desta vez escapara à morte, pasmado dessa pertinaz constância com que o destino como que porfiava em prolongar-lhe a existência através de mil trabalhos e perigos, Gonçalo, esquecido de que se achava no meio de um caudaloso rio, em uma canoa que rodava à mercê da torrente, atirou-se sobre o assento da proa mergulhado em amarga e profunda meditação. Sequestrado inteiramente do mundo, e vivendo só com seus merencórios pensamentos no meio do silêncio profundo da noite e da solidão, deixando boiar sem direção sua piroga ao capricho das ondas, que a levavam, Gonçalo era o emblema vivo do descrido, que percorre solitário as sendas áridas e desoladas de uma existência sem afeto no presente, sem saudades do passado, sem esperanças nem receios no futuro, e abandona sua sorte à torrente da fatalidade.

Que estranho fado o elevava assim alternativamente do último abatimento ao cúmulo da fortuna, da felicidade e da glória, para de novo arrojá-lo em abismo de desesperação e amargura? Que gênio amigo assim protegia tão visivelmente sua existência através de tantas e tão cruéis vicissitudes? Podia ele, que não era mais que um facínora, um bandido coberto de crimes, merecer tão assinalada proteção do céu? Entre estas e mil outras reflexões sua razão acalmava-se pouco a pouco com a paz profunda das solidões, e ao fresco bafejo das brisas da madrugada, que com as asas úmidas de orvalho lhe afagavam a fronte febricitante. Com a luz da consciência enfim ele pôde descer a perscrutar tranquilamente os profundos abismos de sua alma, e a revolver um por um todos os monstruosos crimes e desatinos que constituíam a história de sua vida passada. Gonçalo então apareceu a seus próprios olhos como um monstro, que a humanidade devia repelir de seu seio com horror. O espectro do infeliz Reinaldo picado a facadas por suas mãos, as sombras errantes e chorosas da bela Guaraciaba e do esbelto Anhambira, cujo sangue ainda lhe tingia as mãos, e a desse mísero cacique, cujo cadáver rolava talvez a seu lado arrastado pela torrente, e de cuja desgraça era ele o único autor, ele os via a todos surgirem diante de seus olhos torvos e sangrentos, e com vozes lamentosas o cobrirem de pragas e maldições. Aquela alma de ferro caía enfim do fastígio do orgulho nos abismos da mais profunda humilhação. A flecha de Inimá não pôde penetrar naquele coração protegido por um escudo invisível e celeste, mas lá deixou para sempre gravada a farpa do remorso.

Este último acontecimento, que o salvava de uma morte quase inevitável e por ele mesmo procurada, foi como um brado do céu, que ecoou profundamente em sua alma obcecada pelo crime e obumbrada pelos fumos do orgulho humano. Compreendeu então que a Santa Virgem, que desde a infância venerara com especial devoção, não o tinha preservado em vão até ali de tantos e tamanhos perigos, e o reservava para algum santo e piedoso desígnio, que ainda lhe era oculto; mas reconhecendo-se indigno da assinalada e miraculosa proteção que do céu recebia, arrependia-se com sincera e amarga compunção de sua indesculpável ingratidão para com a sua celeste protetora, a cujos benefícios tão mal correspondera manchando sua vida com crimes e hediondos atentados.

Sua vocação estava enfim solenemente revelada. Só com uma vida de orações, de rudes penitências e de obras de piedade poderia expiar a longa série de seus crimes e de desvarios, e lavar as hediondas nódoas de sua vida passada.

E quanto mais pensava e refletia, mais se fortalecia neste seu santo e inabalável propósito.

IV

O Muquém

O dia já vinha clareando as ermas ribanceiras do Tocantins, e as brisas da manhã, que sopravam frescas, começavam a varrer o tênue vapor branco que a noite estendera sobre as águas como um rio de leite, e que despegava elevando-se em níveos flocos por sobre a coma verde-escura das florestas. As selvas enchiam-se de murmúrios, de cantos de aves e gritos de animais de toda a espécie. As águas ressoavam ao saltitar dos peixes, que aqui e acolá faziam brilhar ao sol suas luzentes escamas. Nuvens de aves aquáticas cortando os ares abatiam o vôo e vinham pousar ao longo das praias; a alva e esbelta garça, mais bela que o cisne, o guará e o colhereiro alardeando a beleza de sua mimosa plumagem cor-de-rosa, o corpulento e pesado jaburu, o pato silvestre com suas escuras penas luzentes como o aço polido, e mil outras aves de diversas espécies e tamanhos esvoaçavam, passeavam ou nadavam em bandos por ambas as margens, enquanto pelas altas ramagens, que se debruçavam mirando-se na torrente, miríades de pássaros de mil qualidades batendo as asas inquietas e fazendo imensa algazarra com seus pios e gorjeios, e os saguis e caxinglerés gritando e saltando de árvore em árvore ou balançando-se nos ramos e cipós das brenhas emaranhadas, enchiam as selvas de vida, bulício e rumor. Ali a anta membruda arrojando-se na água fazia esvoaçarem sobressaltadas com grande ruído uma chusma de aves aquáticas; além a lontra esbelta e viva de um salto emborca-se no rio dando caça aos peixes e surge além tendo atravessada na boca a prateada pirapitinga ou a crumatã de escamas de ouro.

No meio de todas aquelas cenas tão cheias de vida e de beleza de uma natureza virgem e fecunda, Gonçalo ia passando insensível sem nada ver nem ouvir, como o espectro de um condenado através das galas e regozijos de um esplêndido festim. Imóvel, com a fronte descaída sobre o peito, concentrado em seus pensamentos e rodeado dos fantasmas que sua consciência evocava dos túmulos, dir-se-ia um cadáver ou estátua do desespero, se de espaço em espaço um ligeiro e convulsivo movimento lhe não agitasse os membros.

Foi só quando o sol, reverberando todo o seu esplendor sobre a superfície das águas, inundou de luz as pálpebras meio cerradas de Gonçalo, que este despertou de seu profundo e doloroso cismar. Só então Gonçalo, apercebendo-se de que era levado pelas águas de uma caudalosa torrente sem saber para onde, lembrou-se de tomar o remo e dirigir sua canoa... para onde?

O primeiro pensamento de Gonçalo, logo depois de sua luta com Inimá, fora deixar-se levar pelas águas abaixo, até que ele e sua canoa se despedaçassem e submergissem precipitados por alguma cachoeira. Mas a reflexão, o silêncio e a noite tendo-lhe acalmado e esclarecido o espírito, e tendo compreendido que era vontade do céu que ele vivesse, pensou seriamente no destino que devia tomar. Levado durante toda a noite pela torrente abaixo, Gonçalo não sabia em que paragens se achava. Difícil lhe seria regressar pelo rio acima, e nem quereria jamais tornar a ver os sítios fatais em que o céu o fulminara com o mais cruel dos infortúnios. Largar o rio e embrenhar-se sozinho por aquelas imensas selvas e solidões desconhecidas infestadas de Bugres e animais ferozes era também empresa por demais trabalhosa e arriscada. Portanto Gonçalo julgou mais acertado e seguro descer em sua canoa pelo álveo do rio, que lhe oferecia estrada natural e franca até chegar à povoação da Palma, que julgava não dever estar muito longe. Arrancou de si e arrojou ao rio as armas e todos os mais adornos selváticos com que estava ataviado, calcou indignado aos pés o cinto em que se encerrava o amuleto do Africano, e conservando consigo somente com religioso cuidado a medalha da Virgem, tangeu sua canoa pelo Tocantins abaixo, confiando seu destino às águas do rio e à proteção do céu.

Assim em luta contínua com uma multidão de trabalhos, obstáculos e perigos, umas vezes rodando precipitadamente arrebatado por perigosas corredeiras, outras vezes tangendo à força de remo a sua canoa pela torrente nimiamente serena e preguiçosa, sofrendo cruéis privações e alimentando-se apenas de alguns frutos silvestres, que colhia pelas margens, chegou depois de longa e penosa viagem à povoação da Palma.

Os habitantes daquele lugar, ao verem chegar sozinho a suas praias aquele homem quase nu, cobrindo-se apenas com um pequeno saiote, que lhe cingia os rins e lhe descia até os joelhos, e um grande couro de onça, que lhe servia de capa e de leito, com cabelos e barbas compridas, esquálido e extenuado, uns possuídos de terror não ousavam aproximar-se cuidando ver algum fantasma ou algum monstro vomitado pelo rio; outros o tomando por algum louco igualmente o evitavam; não poucos também julgando-o algum Bugre feroz ou algum malfeitor estavam a ponto de o apedrejar. Esta primeira impressão porém não durou por muito tempo; pelo abatimento e profunda tristeza que se lia na fisionomia de Gonçalo, e por suas palavras cheias de senso, que nada condiziam com seu bizarro e selvático exterior, em breve compreenderam que aquele estranho personagem não era mais que uma vítima da sorte, a quem longos trabalhos e desgraças tinham reduzido àquele deplorável estado, e o acolheram com caridosa hospitalidade.

Ali tomou Gonçalo o hábito de ermitão, e viveu por algum tempo em profundo retiro na prática de assíduas e austeras penitências, subsistindo das

O ermitão do Muquém

esmolas do povo, que o estimava e venerava como a um santo, posto que ignorasse completamente quem era ele, e donde tinha vindo. Mas um vivo desejo de peregrinar pelo mundo o preocupava de contínuo, e sua alma inquieta e atormentada pelos remorsos, aos quais não achava lenitivo nem nas orações, nem nos jejuns e penitências, era agitada por um secreto pressentimento de que o céu o chamava a outros lugares a fim de cumprir uma piedosa missão, que ainda não lhe fora revelada.

Gonçalo deixou portanto a Palma, e embrenhou-se por sertões desconhecidos passando voluntariamente uma vida de ásperas mortificações e penitências. Vagueou por um largo tempo através dos ermos com um bordão à mão e um saco às costas, vivendo de esmolas ou de frutos e legumes silvestres, tendo por leito o chão frio e duro, por teto a ramagem das florestas ou a abóbada úmida de alguma lapa cavada pela natureza no viso das montanhas. Mas nem assim conseguia acalmar os pungentes remorsos que lhe atormentavam a consciência. Os fantasmas de suas vítimas o acompanhavam por toda a parte como a sombra de seu corpo, e noite e dia lhe torturavam a alma. O grosseiro e parco alimento que tomava parecia-lhe ensopado em lágrimas e sangue. À noite espectros sinistros o ansiavam e enxotavam-lhe o sono das pálpebras requeimadas de prantos e vigílias. Com os olhos amortecidos, as faces pálidas e macilentas, o corpo emagrecido e alquebrado, parecia um espectro surgido dos túmulos, e ninguém mais reconheceria nele a figura atlética e garbosa do vigoroso mancebo de outrora. Errante de povoação em povoação, de fazenda em fazenda, muitas vezes também estacionava entre as hordas selvagens, que o respeitavam e veneravam como um pajé, e conhecedor de sua linguagem e costumes procurava não sem algum resultado doutriná-los e reduzi-los ao grêmio da religião cristã. Mas não podia persistir por muito tempo entre eles, pois que os hábitos e usanças dos índios, suas festas e todas as cenas que entre eles presenciava, lhe despertavam na alma amargas e pungentes lembranças desse tempo tão cheio de extraordinárias peripécias que passara entre os Chavantes.

Também nas aldeias e habitações dos brancos, além dos tormentos que lhe infligia sua própria consciência, não lhe faltavam ocasiões de dissabores, e ouvia por toda a parte contar-se com todos os seus horríveis pormenores a história do hediondo atentado que perpetrara na pessoa de seu amigo, e que se tornara célebre em toda a capitania, e era forçado a dizer – amém – a todas as tremendas execrações que caíam sobre o assassino de Reinaldo. Era mais uma humilhação e um castigo, que aceitava resignado em expiação de suas enormes culpas. Esses mesmos que o veneravam e lhe beijavam o hábito como a um santo, sem o saber execravam sua memória e enchiam seu nome de maldições, e assim em vez de ensoberbecer-se com essas mostras de respeito e veneração, que lhe tributavam, mais humilhado e confuso se achava aos olhos da própria consciência.

Depois de longas e contínuas peregrinações pelos desertos, pelas fazendas e choupanas sem poder achar consolação nem repouso em parte alguma, Gonçalo apareceu por fim na povoação de S. José do Tocantins. Seu corpo fraco e extenuado definhava de mais a mais, e parecia um prodígio a ardente e infatigável atividade que o animava ainda a despeito de todos os jejuns, macerações e fadigas a que se sujeitava. Parecia que sua alma estava prestes a exalar-se daquela frágil prisão corpórea; mesmo assim porém, mesmo apesar das orações, penitências e mortificações a que se entregava, Gonçalo, não achando lenitivo algum às cruéis tribulações de seu espírito, vagava sem repouso pelos ermos os mais inóspitos e desabridos, exposto a todos os rigores do tempo, como o Édipo da fábula perseguido pelas Eumênides, ou como o Aasvero da legenda cristã em seu eterno peregrinar.

Um dia, oprimido de cansaço e de sede, e acabrunhado de mortal tristeza, chegou a um sítio ermo e silencioso, sem horizonte nem perspectiva alguma, a um triste e retraído vale rodeado de morros áridos e de aspecto lúgubre, cobertos de uma vegetação enfezada e rasteira. Tudo era ali mudez e solidão; uma só ave não piava pelos ramos amarelados dos arbustos, nem se ouvia rumor que denunciasse a existência de ente vivo por aquelas soturnas e melancólicas paragens. Apenas ouvia-se o vento a farfalhar pelas ramas ressequidas dos matagais e o burburinho de um córrego a desfiar por uma grota pedregosa, triste como a reza monótona murmurada ao pé do ataúde de um finado... Gonçalo desceu à grota, matou a sede, e depois ajoelhou-se para dar graças ao céu, e encomendar sua alma a Deus, pois pensou ser ali o último pouso de sua peregrinação sobre a terra. Gonçalo, se é lícito comparar uma frágil criatura humana com a divindade, estava então como o Cristo nessa hora de profundo abatimento, nesse momento de suprema agonia, em que no monte das Oliveiras junto à torrente do Cedron, sozinho e abandonado por seus discípulos, suou sangue e sentiu sua alma desfalecer e vacilar ao receber o cálix do martírio, que um anjo lhe apresentava. Gonçalo não tinha, como o divino Redentor, sobre o seu coração todo o peso dos pecados de um mundo para remi-los com seu sangue, mas tinha a consciência oprimida por suas imensas e enormes culpas, e sentia também sua alma desfalecer à míngua de consolo e de esperança. O mundo para ele não era mais que um vasto cemitério, um vale fúnebre de lágrimas e misérias; só no céu poderia achar o repouso e alívio por que em vão suspirava; mas surdo às suas preces, lágrimas e penitências, o céu para ele era de bronze, e de lá não baixava consolação nem lenitivo às cruéis tribulações de sua alma. Ali derramou ele lágrimas ardentes de contrição e arrependimento, implorou do íntimo da alma a misericórdia divina sobre seus enormes pecados, beijou com fervorosa devoção a imagem da Virgem, encostou-se sobre a relva à beira do córrego, e adormeceu ou antes caiu em um letargo, que mais era prostração e desfalecimento do que sono.

Então lhe aparece em sonho a Virgem Mãe de Deus tal qual se achava esculpida na medalha, porém rodeada de todo o esplendor de sua celeste glória, e diz-lhe:

– Gonçalo, grandes e inumeráveis têm sido os teus crimes; mas consola-te, que eles te serão perdoados, porque sempre em tua vida, quer na prosperidade,

O ermitão do Muquém

quer na desgraça, invocaste o meu nome e imploraste com fé viva a minha intercessão, e porque tua contrição é verdadeira, e grande tem sido a tua penitência e arrependimento. Mas em expiação de tuas culpas, e para que volte a paz à tua consciência, é mister que leves a efeito uma obra piedosa e santa, que compense largamente em benefícios à humanidade os danos e males que lhe tens causado. Ânimo, pois! Não desalentes, que eu serei contigo até a tua última hora.

Meio acordado meio adormecido Gonçalo abre os olhos; mas a gloriosa visão não se desvanece e ele a vê distintamente ir pouco a pouco se afastando e desaparecer no interior de uma lapa vizinha. Gonçalo ergue-se imediatamente, corre àquele lugar, penetra na lapa, e ali encontra em um nicho de pedra bruta uma grande e bela imagem da milagrosa Virgem. A esta vista o ermitão sentiu um raio de alegria banhar-lhe o coração, e abraçado com os pés da Santa verteu lágrimas de júbilo e gratidão. Sua missão acabava de lhe ser revelada pelo céu por um modo solene e miraculoso; ali mesmo pois prostrado aos pés da imagem prometeu erigir-lhe uma capela naquele mesmo sítio e junto àquele mesmo córrego onde fora visitado pela beatífica visão. Era esta sem dúvida a missão piedosa e santa que lhe era imposta pelo céu; era ali naqueles ermos que sua celeste protetora queria ter altar e cultos, e em seu amor e comiseração pelos males que afligem a humanidade, derramar suas graças e favores por todos os fiéis que com fé viva e sincera devoção ali viessem implorar o seu valioso patrocínio.

Depois daquela celeste aparição Gonçalo sentiu sua alma aliviada do peso enorme que o acabrunhava; a graça divina tinha baixado sobre seu coração.

A esforços seus e com o auxílio dos fiéis em pouco tempo erigiu-se a capelinha, que até hoje ainda ali existe com a invocação de Nossa Senhora da Abadia, e para a qual foi trasladada com grande pompa e solenidade a imagem achada ou antes mostrada pelo céu a Gonçalo.

Apenas edificada a capelinha começou logo a influência dos devotos, que vinham fazer penitência, oferecer à Santa suas esmolas, e igualmente beijar o hábito do piedoso ermitão, que aí passou o resto de seus dias zelando o santuário da Virgem, e aí morreu venerado como um santo.

É assim que dos grandes pecadores fazem-se os grandes santos, como da imundícia e podridão brotam por vezes as mais lindas e viçosas plantas.

Eis, meus senhores, o que sei de mais interessante a respeito da fundação dessa célebre romaria e da história de seu fundador. Se quereis saber onde fui eu ter conhecimento tão por miúdo dos acontecimentos desta verídica narração, sabei que eu o ouvi de um velho romeiro, que a tinha ouvido da boca do próprio mestre Mateus, e que a ouvi junto às ruínas da choça do santo ermitão, sentado sobre o mesmo cepo em que este outrora a tinha contado ao velho ferreiro de Goiás e à sua família de romeiros.

FIM